U0033199

留法舊事

李在敬／著

↑ 作者（戴花環者）赴法留學，親友機場送行。右旁為妻子陳祖娟

↑ 作者（左）與前聯合報總編輯王繼樸攝於巴黎鐵塔之前

↑ 作者在巴黎街頭留影

↑ 作者留影於巴黎寓所前

↑ 作者攝於凡爾賽宮

↑ 作者攝於凱旋門之前

↑ 作者攝於凡爾賽宮之皇后宮

自序

民國五十九年八月，我離開了居住二十多年的台灣，到法國去留學，那年三十二歲。

在去法國之前，我在中華日報擔任基隆市駐地記者，並在一所中學兼課，收入還算差強人意。

當時的中華日報社長是名報人楚崧秋先生，得知我赴法留學，特別召見予以嘉勉，並聘為駐法特約記者，這對報社基層人員是很大的鼓勵與榮耀，也是為我遠行送下的最好禮物。

到了法國巴黎，先到鄉下學了幾個月的法文，算算口袋的錢，已所剩無幾；因為在台灣工作，收入有限，積蓄不多，買了一張到巴黎的機票，就已去了積蓄的大半，法國的生活費很高，不到半年已阮囊羞澀，不得不去打工。

在巴黎打工，最好找的是在中國飯店洗碗，但工作累，還要受大廚的氣，實在幹不下去，有不如歸去的想法。在與楚社長書信往返中，他知道我因生活困難，有意買棹歸航，勸勉我既來之則安之，並推薦我為陶宗玉先生工作，陶先生是楚社長的朋友，是我行政院新聞局的駐外人員，是位資深的外交官。

當時我國的外交處境不是很好，法國與中共建交甚早，早已無外交關係。在聯合國的席位剛剛被排除，總部設在法國的聯合國教科文組織，我派駐代表姚淇清也剛黯然回國，在法國的外交已呈真空狀態。陶先生及時的到來，頗有開疆闢土的意味，陶先生外貌英俊瀟灑，儀表堂堂，法語非常流利，最可貴的是有活力、有衝勁，再加上幹練，他很快的闖出了不錯的局面。

陶先生在法建立的單位，對國內稱為「行政院新聞局駐法新聞處」，對法國則稱為「法華貿易觀光促進會」，最初人員很少，然後漸次擴充，我擔任的是文書工作，凡是對國內呈報事項，均由我負責，工作了一段時間，陶先生對我頗為信任。

由於經常提供國內宣傳資料，參與僑社活動，我與僑胞建立了良好的關係，並與當地學人和留學生也有不少的來往。

我是新聞科系畢業，總希望在新聞方面發揮長材。後來又受聘為聯合報駐法特約撰述，文筆見解、思維觸覺，都有很大的進步。

在國內時，對於傳記文學類型的雜誌，名人回憶錄，很有興趣，涉獵閱讀不少。法國民主開放，巴黎人文薈粹，我民國建立後，來法留學的學生不少，尤其李石曾、吳稚暉先生在民國八、九年左右所提倡的勤工儉學，掀起了一陣留法風潮，在里昂創辦的中法學院，造就了不少人才。中共早期主流人物，大多為勤工儉學的留學生。青年黨亦是在巴黎創立的，這段史實，對我國近代史頗有影響。我雖不是學歷史的，但新聞與歷史兩者互有關連性，今日的新聞就是明日的歷史，昨日的歷史就是當時的新聞，這個理念我視為圭臬，探求已成歷史的新聞，一直是我的興趣，也是始終想盡力完成的一件事。

為了探討我早期留法學生的歷史，我儘量設法與早期的留法學人和老僑胞交往，聽他們像「白首宮人，話天寶遺事」一樣，述說早期留法學生的陳年往事，我則以日記的方式加以記錄，以備後用。

當時的交往、訪談的人，都是早年能躬逢其時，身歷其境，且能盡道其詳的老前輩，談起來娓娓動聽，越說越有談興，這些人我記得有盛成老教授、錢直向、朱伯奇老先生、吳本中、張馥蕊老師，以及對留法學生史有研究的徐廣存先生。

盛成老教授早期留法，大約比勤工儉學還早一點，法文造詣很深，本來在台大任教，因不滿台灣的政治環境及學術風氣，常常提出諍言，為當道所不喜，而不得志。最後離台赴法，依其女兒生活，年歲已高，似乎沒有再去工作。

錢直向先生是河北高陽人，是李石曾先生的同鄉，隨李先生來法，經商有成，頗有財富，在巴黎、馬賽均有房產。

朱伯奇先生留法與勤工儉學差不多時間，在法學成後，一直在星馬香港從事僑教工作，屆齡退休後，雖住香港，但常來法探視女兒，排遣退休生活，是一位慈祥的老人。

吳本中老師是早期留法學生，比勤工儉學晚一些，他在法國南部一所大學任教，由朋友介紹認識，朋友稱他為老師，我也跟著叫，每次來巴黎必相約長談，談興很高。

張馥蕊老師與楚崧秋、李煥先生是政校同學，大約在對日抗戰勝利前後，來法留學，學有所成後，任教巴黎第七大學，由楚先生介紹認識，我常趨府拜訪，聽過他的課，也稱他為老師。

徐廣存先生是我澎湖縣省立馬公中學同學，民國五十五年左右來法留學，學成後在巴黎大學教中文，對我留法學生史很有研究，常在大學圖書館中文部找尋資料，非為寫作，純屬興趣，博聞強記，人很風趣健談。

我與這些人接觸訪談，大部份的話題由我引導，談他們當年留法時所見所聞；我將受訪者所談，悉心加以記錄，以備將來回國或有所用，這也是一位新聞工作者的習慣。

我由法回國後，一直在新聞界工作，除了在聯合報系的歐洲日報，及黨營的中華日報擔任過兩年的總經理外，其餘的二十多年都在中央日報任職，做過該報的業務部總經理、國外部主任、主任秘書等職，工作忙人也懶，甚少寫文章，有時提筆為文，有力不從心之感，文窮而後工，是很有道理的。

民國九十年屆齡退休，閒中無聊，打開舊日日記來看，對在法國所留下一些談話資料，深覺珍貴。當日他們已是老人，現在恐已成「古人」了。為了珍惜這些幾乎是第一手的資料，也為我當年留法留下一點紀念，乃窮一年之力，整理連串成書，價值多少，我已不多作考慮，可留待他人來評論了。

我不是學歷史的，對於前輩們的敘事談話，未多作考證，文字談不上嚴謹。學新聞的，記者當久了，難免不犯「有聞必錄」的老毛病。因此，有關書中的留法史事人物，把他作為早期留法的史料，或當做茶餘飯後談興的話題，我寫這本書的目的就達到了。

民國九十二年本書完成後，因內人患慢性病，使生活變了調，為了照顧病人，壓力很大，本書也就因而束之高擱。

民國一百年內人去世。一〇二年十二月廿八日是我八十歲生日，兒女為我慶生，安慰老懷。世人有人生七十古來稀的名句，我今年屆八十，白髮蒼蒼，眼鏡不離眼，滿嘴假牙，看起來雖仍稱老當益壯，但畢竟來日無多，因而促成了本書的出版。本書共分三大部分：一為六年一覺巴黎夢，寫的是在巴黎六年的經歷，與一般見聞；二為早期留法的潮起潮落，則是整理訪問所得；三為兩岸早期留法人物掠影，統稱為「旅法舊事」。

本書承秀威資訊出版，廖妘甄小姐費神籌編，銘感五內，特致最大謝忱。本書之問世，不但有慰作者年逾八十之老懷；且可告慰亡妻陳祖娟女士在天之靈。因為我們夫妻在巴黎同甘共苦達三年之多，她有時陪同訪問，整理資料，一直希望我早日出書，完成心願。但好事多磨，又天不假年，她在三年前因病去世，留有遺憾。如今出書，當為祭她最佳之供品。雖然陰陽殊途，天人永隔，但存歿了願，誠屬佳事一樁。

第三輯

第一輯

六年一覺巴黎夢

一、站在外交的第一線

民國五十九年八月，我離開了居住二十多年的台灣，到法國去留學，那年我三十二歲。

在赴法國之前，我在新聞界擔任駐外地記者，雖然成了家，生計沒有問題，但仍想到國外闖一闖，當時到國外留學，是一般青年人所追求嚮往的。

巴黎是世界花都，到巴黎去留學，一直是我的夢想，妻對我的雄心壯志，非常贊成，鼓勵有加，因此，促成了我的巴黎之行。

我在內人懷孕期間出國，連生產也沒法陪伴在身邊，這是我對妻深感歉疚而不安的，實在有失為夫之道。

我匆忙赴法的主要原因，是簽證已到期。那時我與法國沒有邦交，赴法簽證均由傅承烈神父辦理，他很忙不願麻煩他。另外老同學劉端、蔡沛文均希望我早點去，不要再拖下去。她們並介紹張志鵬先生與我結伴而行，不然就要落單。我們為了省錢坐的是包機，不但在香港搭乘，還要在倫敦轉機，從未出過國的我，有人結伴是求之不得的，一切都要遷就，這也是無可奈何的事。

那時台灣經濟尚未起飛，做記者兼老師，收入仍極有限，留下安家的錢，買了機票，身上能帶的錢實在很有限，好在知道在巴黎有打工的機會，不會流落街頭，求助無門。

到了巴黎暫住在蔡大姊家，除了到語文學校進修法文之外，就是如何找一份工作，因為口袋的錢一天一天的減少，家中根本不可能有接濟。

巴黎實在很美，古老的建築，藝術氣息很濃厚，我深深的為這美麗的藝術之都著迷，可惜巴黎的美不能當飯吃。

當時在巴黎的留學生打工的機會有三種：第一種是在家具工廠工作，因為很多華僑在法生產仿古的中式桌椅，古色古香，很受法國人的歡迎，生意不惡。但這種桌椅在完成木工後，要先用砂紙磨平，打上石膏，再二度磨平，最後加以繪畫油漆，方為上市成品。留學生打這種工，僅限於「磨平」，不但需要技巧，因木塵四起也很不衛生，工作時需要帶著口罩。

第二種是做小皮包，一般華僑皮包商通常到大皮件工廠以低價收購廢皮革，然後回來加工，做成存放零錢硬幣的小皮包，再批發出去，在法國很有市場，經營者不少，留學生打此工，僅限於割皮畫樣，整日與刀子為伍，也需要一些技巧。

第三種是在中國餐廳做跑堂或者是洗碗，靠的是勞力，技術性不大，工資也不低，就是老闆比較難伺候。

我選擇了第三種，碰到的老闆是李師傅，外號李胖子。李師傅曾為陳雄飛大使做過廚師，手藝無話說，心地也很不錯，最大的缺點，是嘴德很差，看很多人都不順眼，有空就點名，損上一下，以此自娛。此外工作要求多，很看不起讀書人，跟他打工的留學生，要是誠心誠意的跟他學手藝，他會給你好臉看，如果說是打工存點錢去念書，他會每天奚落你，對他又無可奈何。

我的工作是洗碗，洗碗在餐館職位之低，猶如入伍訓練的二等兵，甚麼人的話都要聽。同時「洗碗」只是一個代名詞，並非專司洗碗一事，還要做一些搬菜、洗菜、剝洋蔥、切香菇等雜務事，工作是一連串，很難有喘氣的機會。這種工作實在很辛苦，我做了沒多久就辭工了，惹得李師傅一肚子不高興。認為姓李的這個小子，這樣不識抬舉，不餓死在巴黎才怪。

在我處於困頓之時，有準備回國的打算，幸好楚崧秋先生為我帶來及時雨，他介紹我為陶宗玉先生工作，我一直追隨他達四年之久。

楚崧秋先生當時之所以為我介紹工作，是我在赴法之前，在中華日報擔任駐基隆的府會記者，他是那時的社長。

在報社幹駐外地記者，除了報社舉行通訊業務會報時，才能聽聽社長的精神講話外，很難與社長見面或面對面的談上幾分鐘的話。但，楚崧秋先生的作風與眾不同，他很留心基層，聽說我要出國深造，特別抽出時間約見我，除了熱烈的與我握手，垂詢出國深造計畫，勉勵有加之外，還允聘我擔任中華日報駐法特約記者，對一個剛出道不久的小記者而言，實在是一莫大的鼓勵，令我興奮了許多天。

我到了巴黎不久，為了不負楚先生的期望，寫「中國菜征服了巴黎」、

「巴黎看法匪關係」、「法國外交新動向的透視」等幾篇的報導，均蒙刊登出來，並付了很高的稿費。這對一個生活困頓，精神苦悶的留學生而言，可以說是雪中送炭，這「炭」不僅是物質上的，也是精神上的，使我對新聞工作增加了不少的興趣與信心，更導引我立志向新聞事業的領域邁進。

也許幾篇不成熟的報導，使楚先生對我增加幾分瞭解，因此才把我推介給陶先生。陶先生是我行政院新聞局的駐外人員，人非常精明能幹，長的又飄逸瀟灑，夠得上「美男子」的標準。那時中法邦交早斷，賴以維繫的據點，是在巴黎的聯合國教科文組織代表處，但這一組織的會籍不久也被排除，於是法華之間的貿易觀光關係一時出現真空，陶先生是這方面的長才，在巴黎工作過，人際關係有基礎，就派來這裡為中法經貿觀光之促進，披荊斬棘。

陶先生一來巴黎就找到我，要我和他一起工作，於是我獲得了一個不需出賣原始勞力的工作。

最先，我在陶先生府上辦公，他的夫人孫大姐是山東同鄉，人很和藹可親，四個子女都很優秀，已分別在巴黎大中小學讀書。

我負責文書工作，最初不太行，經過磨練與揣摩，不久就勝任愉快了。陶先生法語說得非常流利，長得又是一表人才，這些已使他無往不利，更何況他反應極端敏捷，有無畏的衝勁與強烈的責任心。他既能結交法國政商界人士，使層次慢慢提高，又對事情鍥而不捨的去做，因此很有成就。我國目前與法國觀光經貿關係大有進展，說句良心話，是陶先生打下了基礎，再由後繼的人員多方努力，而締造出來的。對陶先生來說，站在國家立場，他是衷心令人敬佩的，我想認識陶先生的人，不論是朋友或是有芥蒂的人，都會這麼認為。

當然，陶先生有他的缺點，最大的缺點是脾氣太大，不能控制自己，在他手下做事，一點馬虎不得，一點事情做不好就暴跳如雷，高聲斥責，不留情面。涵養不好，自尊心太強，實在無法與他相處。我因係楚先生介紹，算是有後台，對我有幾分客氣。與他相處日久，相知也深，已能揣測到他的心意，我做的與他想的往往契合，因此遭斥的情事不多。

由於陶先生工作很有績效，而巴黎又是歐洲重鎮，是政府推動外交的重點城市，因此陶先生可以在此大顯身手，如魚得水。

陶先生連絡了法國政界有力人士，成立法華貿易觀光促進會的組織，在法國完成註冊登記，可以公開活動，推動法我貿易觀光工作。國內新聞局也大力支持陶先生，提升為新聞局駐法新聞處主任，可以在巴黎繁華地區設立辦公處所，並招兵買馬擴大編制。

陶先生在凱旋門附近的大廈，租了一座很有氣派的辦公室，公開掛牌，辦公室一時招進五六位工作人員，女的有許瑛，是卜幼夫先生的下堂妻，能說善道，我們叫她卜媽媽。另外先後有劉以慧、盧永翠、薩支遠、曾明、黃一鳴等來辦公室工作，我是最資深的一位。

法華貿易觀光促進會，可以對外辦理赴台之簽證，可以招商參加巴黎的各型商展，具有領事事務處的功能。對國內由新聞局國際處來主管，定期呈報有關法國報章所登政情、國際會議、中共對歐活動及大陸政治動態等。舉凡中共在法文化活動，國內京戲或雜技團來法演出等，也在呈報之列，我當然的對觀看大陸戲藝團等表演，非常感興趣，因為這是工作的一部分，感到稱心愉快。

當時中共駐法大使是黃鎮，他文化素養不錯，曾到法國餐館吃飯，對法國大廚師，來了一個漫畫速寫，很有水準，為記者報導，刊在報紙上，是很好的花邊新聞。

那時中共對外局面無法打開，對外宣傳一向由周恩來主導，為打破國際上對大陸落後的報導，特別邀請荷蘭籍的製片家，國際知名人士伊文斯，製作一系列紀錄片，在國際間放映，並起了一個「愚公移山」的怪名字，意思是說中共用愚公移山的精神，來建設一個新的中國。

這一系列紀錄片，共有十二個單元：一是一個家庭，這家庭當然是個樣板；二是中國手工藝，則頗有獨到之處；三是報導上海市的城市生活；四是發生在北京一所中學，師生之間處理足球糾紛的故事；五是報導中共的軍營生活；六是紀錄北京劇院活動；七是報導一位老教授的生活；八是報導山東大漁島漁村狀況；九是大慶油田巡禮；十是雜技團的精彩表演；十一是上海第三電工廠的全貌；十二是報導上海大藥房的經營。

我是新聞科班出身，又做過幾年記者，以專業素養，處理向上呈報的業務，可以說得心應手，陶先生信任，台北局方長官也滿意稱讚。

當時在巴黎除了我們這個單位之外，還有國民黨海工會特派黨官滕永康，教育部國際文教處派駐文化參事趙克明，和陶先生一起來算，當時稱為「巴黎三巨頭」。

滕永康當時職位是國民黨駐法支部書記長，他父親是老立法委員滕昆田，郭驥、郭外川先生是他的父執，也是他的後台。當時郭先生在政壇是很有權力的。滕永康先生淡江大學畢業，很有政治手腕，除了黨職之外，與軍方國防部政工單位也有關係，軍方利用他的種種關係，在巴黎開了一家黎明書店，台北雖然派了李牧、成天明等人，來巴黎管理書店，但都鬥不過滕永康，而居下風。

在巴黎凡是國民黨黨員都向他報到，聽他的領導。不是黨員的對他也很遵從，在當時的環境下，很容易不知不覺中受了暗傷，因此都要小小心心的堅持反共立場。

滕永康做事很認真，有甚麼大節日都會集會紀念，使大家有機會聚聚。語云「樹大招風」，一些有台獨傾向的留學生，都以他為敵，有一位名叫黃昭夫的台籍留學生，他竟然在青年節的聚會上，預藏了尖刀，在散會於滕永康不注意時，在他脖子旁刺了一刀，鮮血直流，灑滿一地。當時我也在場，大家忙將黃昭夫制服，為滕止住血送到醫院急救，幸無生命的危險。

我真不明白，滕永康也不過是一小小黨官，不是政府大員，他在巴黎有兒有女，大家都是在海外討生活，黃昭夫竟去殺他，不可理喻。他不想想刺滕的價值何在？

永康先生因這一事件出了名，國內對他的忠貞為國，大難不死嘉勉再三，職位更加穩固，再加多方慰問金的致送，真是名利雙收。而黃昭夫因殺人罪入獄，鐵窗冷清得不到一點掌聲，真是所為何來？

教育部派駐法國，輔導留學生工作的趙克明，是留法博士，法文很好，人也非常和氣，許多留學生都很敬重他。他在法國多年，娶了一位法女為妻，曾是蘇神父的女秘書，生了一個男孩，以離婚收場。他當時單身，大概想娶個中國太太，對年輕貌美的女留學生，很感興趣，最後總算娶了一位美女劉莉，修成了正果。

在巴黎我派駐人員，原來是陶、滕、趙三巨頭，三足鼎立，陶先生與滕永康兩人則明爭暗鬥的很厲害。陶先生與法官方關係很好，所領導的單位，已是半官方身分，法國各方均視陶先生為我方代表，地下大使。但他與僑社各方關係，未能建立與維護。滕永康則在僑社關係深厚，並有黎明書店，代表背景的不凡，因此二人互不服氣。而趙克明雖然平和不爭，保持中立，但他與滕似較接近。這時我中央社要派員來巴黎長駐，楊允達是屬意人選。楊允達台大外文系畢業，英文程度很好，曾任美聯社在台記者，後轉入中央社，曾派駐非洲等地，他在國內與黨政救國團等方面，均有很好關係，派他來巴黎，也可見對他的重視。他來信求陶先生幫他辦入境簽證與在法居留問題，陶先生與他私交不錯，當然大力幫忙，並期待他來巴黎後，成為一位好幫手。

楊先生以中央社特派員身份，來到巴黎後，由原來三巨頭變成四巨頭，四輪馬車。這時國內方面希望四方面通力合作，加強我在歐洲實力，上級人員曾來巴黎，協調四人，希望建立協調會報機制，由陶先生為召集人。初期很具功效，大家和和氣氣，工作上相互支援。後來就離心離德，互不服氣，他三人認為陶先生脾氣太大，太多霸氣，最後竟撕破臉，在國內動用關係，打小報告，拆後台是不斷上演的戲目。他三人合成一氣，力量當然大些，陶先生則成了戰敗的一方。我方外駐人員，陷於內鬥，這是司空見慣的事，並不是巴黎才有。

我很不願談我方派駐人員內鬥的事，因為這四人都是我的朋友，何況那時我也陷入局中，左右為難，家醜不可外揚嘛！不過現在談談，已是昨日黃花，無關緊要了。

我在巴黎新聞局駐法新聞處工作了五年，返國後承國際處處長戴瑞明先生接見，他勸我回去，願對我以正式人員任用，提高待遇。由此可見他們對我工作表現的肯定。新聞局長丁懋時也破格接見，慰勉有加。可是我已答應楚崧秋社長，到中央日報任職，對巴黎只能說聲再見了。

當時我外交單位全部從巴黎撤走，對法外交呈真空狀態之時，我追隨陶宗玉先生奮鬥，從無到有，成立法華貿易觀光促進會，等於為我們設立了使領館，我在這裡工作了五年，也等於站上了外交的第一線，做了一位很卑微，很不起眼的小兵，獻出青春歲月與微薄力量，認為非常光榮，此生無憾。

二、從聯合報駐法撰述到歐洲日報

民國六十一年，是我到法巴黎的第三年。

那年七月二十日，我中華排球隊在教練謝天性的率領下，到法國東部斯達斯堡的聖戴市，參加奧運排球亞洲選拔賽，賽期為七月二十九到三十一日，為期三天。

那時我內兄陳祖華任聯合報採訪副主任，忽然打長途電話給我，希望我能以聯合報特約撰述名義，就地採訪此一選拔賽。我很爽快的接受了，一則可為我中華健兒服務，二則可體驗一下國外採訪的滋味。於是我約了兩位好友，於七月二十四日到達聖戴市。

在聖戴市先與謝天性教練見了面，表明身份。他介紹隊員與我們相識，大家都很高興。這時在斯達斯堡大學讀生物博士學位的鮑惠民先生，早在球隊抵達後，就熱心的為球隊服務。眼見增加了三位生力軍，不再孤單，非常興奮。他就一見如故的與我們討論，如何解決隊員吃的問題，他們實在吃不慣法國大菜，如此吃下去，到比賽時體力會大受影響。於是我們就商議大家做臨時廚師，為健兒們烹煮，雖不精緻，但尚可口的中國菜，解決他們的難題。健兒們吃了我們的家鄉味，都感謝我們的付出，大家水乳交融，親如一家人。

中華隊先戰南韓隊輸了。三十一日對上北韓，北韓受到中共的唆使，拒絕與我們比賽，態度極為蠻橫。我隊不戰而勝，北韓因而受到國際排協的處份，南韓則獲得了參賽權。

北韓悍拒比賽，將政治污染體育，我當即掛國際電話報回聯合報，報告的非常詳盡。第二天聯合報以大字號標題，獨家新聞的姿態，登載了這一新聞。當時聯合報與中國時報在新聞採訪上競爭的很厲害，這一新聞顯然有助聯合報之聲勢，聯合報算出了奇兵，因為中央社駐巴黎特派員報導此一新聞時，足足晚了一天。

打鐵趁熱，我當日掛完電話後，隨即寫了約三千字的特稿，將這一事件的前因、經過及後果，做了第一手的報導，聯合報於八月六日以顯著位置刊出。自此，我與聯合報建立了很好的關係。

此後聯合報聘我做駐法特約撰述，於是我寫了不少有關法國政情，中共對歐外交動態等等的專欄報導，聯合報當時銷路很廣，大大的提高了我的知名度。

我很喜歡文藝寫作，投稿聯合報副刊，刊登了我寫的「頑石點頭」、「丹妮爾」、「落寞在巴黎」等篇文藝作品。王發行人認為我文筆不錯，是個新聞可造之材，不一次的向內兄陳祖華隨口說出。

王發行人惕吾先生，對國內體育運動的推展，一向盡心盡力。有一年他率領亞東女子籃球隊，訪問歐美各國。到巴黎時，僑領苑國恩先生爭取接待，以我與聯合報之關係，委我做了他的代表，負責接待及節目之安排，我一手安排一路相陪，務使賓主盡歡。王發行人此時與我初次見面，對我慰勉有加，還送了一個紅包大禮，使我受寵若驚，對前輩風範不勝仰止。

王發行人有兩子三女，兩子必成、必立為國內知名人士，三女依次為效蘭、友蘭及惠蘭，有人說若記她們的名字，記住蘭花與「校友會」就好了。發行人最愛長女效蘭。效蘭女士世新專校第二屆畢業，她與空軍飛行員朱英錫結成連理。公公朱家讓為我駐聯合國勞工組織代表，婆婆為老國大代表，一家僑居瑞士。故王效蘭很長的一段時間隨夫僑居瑞士。瑞士與法國鄰近，故發行人常在女兒一家的陪同下來巴黎，陶先生當然熱情接待，我也敬陪末座。那時效蘭女士的兒女還很小，常纏在發行人身上撒嬌，這位看起來很威嚴的報業鉅子，卻慈祥得很，享含飴弄孫之樂，總是笑口常開。

楚崧秋先生也來過一次巴黎，他那時已是中央日報社長。陶先生帶領我接待他，他在崧公面前，對我大為誇獎，我也特別謝謝崧公對我的厚愛與幫助。他對我諸多勉勵，使我深感溫暖。這位曾任蔣公秘書，是經國先生得意門生的黨國大員，是那麼平易近人，以我當時地位，對他真是望之儼然，即之也溫，頓生「生先之風，高山水長」之讚嘆！

陶先生後來被調職了，由辛繼霖先生代理在法職務，我在法多年雖然生活無憂，也勝任愉快，但總有飄泊異鄉沒有根的感覺。加以內人祖娟因住不慣巴黎，携子返國，並進入聯合報系的世界日報台灣辦事處工作，我學業也剛好告一段落，因此興起了不如歸去的返國之念。

下定返國的決心，在巴黎的朋友都表祝福之意，都認為我返國必有好的發展。事實上留法早成了留美的轉運站，許多人來法後不久就轉往美國。法國表面上沒有人種歧視，倡自由、平等、博愛。事實上外國人在法國取得任何公職或教職，都很困難。民營的公司行號，也很少用外國人。外國人在法除了自己做生意，像中國人經營中國餐館及其他特別行業外，很難在法國立足。不像美國地大物博，學成就業受限不大。更何況法語受地區限制，不像英美語已成世界語言，因此留法同學送往迎來已成習慣，不會有什麼難捨與失落之感。

我是在民國六十五年六月返國，暫住在基隆岳父家，內人與小兒均喜不自勝。去國七年，台灣很多地方變了樣，台北市的進步尤其快速，這時台灣經濟起飛，欣欣向榮，大家都把幸福寫在臉上。

回到台灣歇息了兩天，首先去拜見中央日報社長楚崧秋先生，他問了我巴黎情況，對陶先生出路表示關心。再問我回不回巴黎，我告以返國找工作，決定不回去了。他說歡迎我來中央日報工作，我當即回以「非常願意！謝謝社長過去和現在的愛護！」」。就這樣我走進了中央日報。

我爽快的答應楚社長，願為中央日報的一員，報答崧公過去提拔愛護之恩是佔首要，在巴黎長期閱讀中央日報國外版，成了不可或缺的精神糧食，也是主因。我來巴黎不久，柴松林教授在政大休假一年，來巴黎進修。我們住在同一房間很久，他上課我工作回來，閱讀中央日報國際版，瞭解一下國內情形，是我們共同的樂趣，我們有時對某一新聞的處理表示不同看法，我想如果有一天由中央日報的讀者，變成為編者，那當是件很奇妙的事。這時我當然願意實現這一大夢想，為在國外的讀者盡點力。

事實上我很有可能去聯合報，因為我仍是該報駐法撰述，為報社盡過力，寫過不少有份量的報導。再說王發行人對我的印象也不錯，可惜的是拜見發行人由內兄安排，時間在楚社長之後。當我拜見發行人惕老時，他開玩笑的說了一句：「你想做官呀！」原來崧公與惕老是好友，可能將我的決定告知惕老，事實上聯合報當時銷路最廣，人才濟濟，才俊之士雲集，我又算得什麼呢？

在巴黎的長官辛繼霖，告之新聞局局方我回國之事，即將赴巴黎接任代表處主任的龔政定先生，約見我詢問巴黎情況，希望我回去，共同打拚。國際處處長由副局長戴瑞明兼任，他接見了我，表示對我可以正式人員任用，待遇亦可提高。但我已答應楚社長，豈可輕諾寡信。料想不到的是丁懋時局長也安排召見，對我勉勵有加，使我受寵若驚。

我進中央日報，先以主筆室編撰任用，然後調國際版編務組服務，當時編務組長為唐盼盼先生，副組長為鄭佩芬女士。不久編務副組長出缺，我調任副組長，每天晚上十二時上班，國內版開印之後，我們選稿挖版，改稿然後拼成國際版，通常清晨五時開印，我們才能下班，每天日夜顛倒，非常辛苦。

在編務組工作了一年半之久，楚社長忽然被調職。先由董事長曹聖芬兼任，後由吳俊才先生接任。吳先生任職九個月，升任國民黨副秘書長，社長由潘煥昆先生接任。趙廷俊先生任總經理，人事因此有所調整，我則升為國際版業務組經理，負責行政業務，下有職員十二人。業務組除了經理與課長是男的外，都是女性，年輕貌美，很不好管理。我做事認真，爭取到政府對本報國際版紙張補助的編列，以前僅限於航郵費一項。在這裡要說明的，中央日報國際版的成立，是為政府加強國外宣傳，免費贈閱報紙給海外留學生及學人。先前報份較少，政府在教育部國際文教處名下，為本報編列寄報的航空郵費。紙張費則由本報自理。報紙為極輕的聖經紙，紙價甚貴，報社實不勝負擔。這時爭取到對紙張費的增列，對報社算是謀得了很大利益。同時推動各縣市編預算贈報海外子弟，也收到很大的效果，因此報社對我獎勵有加，年終考績列為特優。

這時趙廷俊總經理，認為我有經營頭腦，表現良好，調我任經理部廣告組組長，主管廣告業務。廣告為報社之命脈，責任重大，接任之後戰戰兢兢，如履薄冰。但我以勤補拙，每天跑廣告公司及國內企業大戶，廣植人脈，得到很好的效果，業績每月都有成長。

民國六十八、九年間，國內經濟起飛，房屋建築業出現最大榮景，國人有錢者，競相購屋。建築商不管成屋或預售屋的推售，都靠在報紙刊登的廣告，我指揮同仁，大力爭取，報社廣告業營收屢破紀錄。我真是好運連連，成了報社紅人。報社為了獎勵我的努力，提升我為經理部副總經理兼廣告組長，在中央日報算升遷最快者。

這時王惕老的事業如日中天，已發展為聯合報系，手下有在國內的聯合報、經濟日報、民生報、聯合晚報等，每個報紙都賺錢。在美國的世界日報，總社設在紐約，並在洛杉磯、舊金山、休士頓及加拿大的溫哥華、多倫多都有分社。在亞洲則有泰國曼谷的世界日報。這些報實實在在的建立了他的報業王國。他的雄心壯志，是要聯合報系的報業，如同十九世紀的大英帝國「日不落」。在他全球佈局下，似乎只缺了歐洲。因此他一心一意要在巴黎成立歐洲日報，由他大女兒效蘭負責。他想到了我，先叫內兄陳祖華徵詢我的意見，祖華內兄當時已被任為歐洲日報總編輯，他認為王發行人如此看得起我，我不應該拒絕，岳家也勸進，於是我接受了他歐洲日報總經理的任命。

我接受惕老的此項任命之後，即在中央日報社長姚朋的同意下，我轉到聯合報上班，等待法國的簽證下來，即赴巴黎展開工作。事實上籌劃歐洲日報開辦，王效蘭發行人及她的愛將夏訓夷策劃很久，我是一位插隊者，知道內情後，覺得多此一來，頗感不安。

過了一個月左右，赴法簽證下來了，秘書室剛通知了我，王發行人就來電話了，我們有了以下的對話：「李在敬嗎？」電話中是王發行人的聲音。我即刻回答說：「報告發行人，我是！」接著問「簽證下來了嗎？」我回答說「剛下來！」「什麼時候走呀？」我不瞭解發行人為何有此一問，隨口回答說：「就這兩三天吧！」發行人有些生氣的呵責說：「荒唐！什麼兩三天，明天就走，聯合報系是績效經營，軍事管理，聽到了沒有！」我連忙回答說：「報告發行人，我明天就走！」電話打完了，我放下話筒，發現我滿頭冒冷汗。

於是我上樓向發行人辭行，看看還有什麼指示，惕老拍拍我的肩膀說：「在黨報做久了，有些地方要改正，要改的積極有幹勁！」我連連稱「是！是！……」隨即告退。

第二天我記得是聖誕節，我與夏訓夷先赴香港轉法航飛往巴黎。到了巴黎我們在效蘭發行人的安排下，住進了一家旅館，在旅館度過來巴黎的第一夜。整個巴黎仍沉在聖誕節的歡樂氣氛中。

第二天一早唐達聰副社長來找訓夷兄談話，他們到咖啡廳叫了兩杯咖啡，分坐桌子兩邊談話。訓夷兄把裝錢及證件的手包放在桌上，他們談完話，唐先生有事剛走，這時有一位法國人過來搭訕，意思想叫訓夷到門口去看什麼。他不知是詐騙，動身走到門口，那法國人就走開了，當他回到桌位時，包包不翼而飛，顯然是那法國人用了調虎離山之計，將錢包偷走，裡面有現款，旅行支票以及護照等。訓夷兄受騙後沮喪的回房來，我也不知說什麼好，安慰也沒什麼效，只有報告效蘭發行人，做一些補救措施。

新月詩人徐志摩對巴黎的印象至好，讚美有加，他曾寫到：「咳！巴黎！到過巴黎的一定不會再希罕天堂，嘗過巴黎的，老實說連地獄都不想去了。整個巴黎就一床鴨絨墊褥，襯得你通體舒泰，硬骨都給兄薰酥了……」。

徐大詩人寫的太好了，以前我同意他的看法，離開巴黎想念巴黎。但在八十年代，我這次來巴黎，看到市面較為蕭條，主要的街道都顯得有點陰暗，法國人浪漫天生，決不偷雞摸狗，但訓夷先生在青天白日之下，朗朗乾坤之中，竟公然被詐，失去財物，我對巴黎的印象完全變了，有些失望。

到了歐洲日報社，那是一座有庭院，法國傳統型式的建築，是效蘭發行人購置下來的。報社在她的策劃下完成了編採經理兩部的人事初步安排，社長是一位越南裔的法國人，名字叫尼古拉，個子不高，黑頭髮黃皮膚，是標準的東方人形象。但他不會說中國話，在效蘭發行人的禮遇信任下，他大權在握，是報社擎天柱一根。本來唐達聰先生是副社長，來巴黎不久，就調到洛杉磯世界日報，同太太赴美就任去了，我們以前以他馬首是瞻，他走了馬首成了尼古拉。

聯合報在美國辦世界日報，非常成功，那是因為僑社來自台灣的僑民很多，且多是知識份子，很關心國事，看報已成習慣。在巴黎辦報則比較困難，因為僑民最多的，就是來自中南半島的越柬籍華僑，他們也許會說中國話，但不見得認識中國字。其次是來自揚州與溫州的老華僑，他們識字不多，且忙於生意。再一部份來自港澳，他們對台灣沒有切身關係，一般來自台灣的僅占少數。影響發展最大的還有別的報紙競爭，左派報紙有歐洲時報，大陸來的華僑看。胡仙的星島日報由港澳來的看，歐洲日報則由台灣來的看，人數就很有限了，這可說是先天不足。

報紙的發行除法國外，西歐大城市也為大目標，對這些訂戶全靠郵寄，法國各行業罷工頻頻，一罷工報紙就困在巴黎出不去，因此爭取西歐城市中的訂戶也很不容易。

歐洲日報主要在台灣編報，巴黎及西歐地區新聞，由巴黎採訪編譯組，定時傳真台北，由在台北的編輯部編好，組成版，再傳送到巴黎，巴黎接收到後，再製成版送印刷廠印刷，環環相扣，一切要配合的很好。人有時會生病，機器有時也會產生意想不到的問題，傳不到或傳得模糊不清，是常有的事，也只有不管印刷品質而出報要緊，因此每天提心吊膽，神經緊繃，因此可說後天也是失調的呀！

我第二次來法，感到一切都不對勁，從前工作的單位，成了大機關，除了龔政定代表之外，已沒有認識的人，去一次就夠了，不想再去。老留學生大部分走了，現在留法的學生都很年輕，有父母供給生活費用，不用再打什麼工，大都忙著社交活動。熟識的人很少了，留在巴黎的都顯得蒼老沈默了些。中國人在巴黎變多了，多數是來自中南半島的華僑，我感覺巴黎離我很遠，我有些孤獨之感。

感謝陶宗玉夫人的大姐戴夫人，她是一家中國餐館的主人，熱愛京戲，組有票房，邀我去湊湊熱鬧，在那裡認識了大導演李翰祥，他為了拍火燒圓明園，來巴黎國家圖書館找資料，在巴黎認識他的人不多，他說難得有如此清閒。我常在孫大姐店中碰到他，總會聊上幾句，對在台灣國聯公司的事，及後來為何去北京拍電影，從來未提及，我也不敢去問。

第二次來巴黎，仍然以留學生身份入境，辦長期居留根本不可能，同時報社發行與廣告都面臨重重困難，很難有所突破，我是個責任心很重，很愛面子的人，因此寢食難安，精神不振。經過與效蘭發行人長談，獲得她的諒解，我又下旗回國了。回到台北之後，又回到中央日報任副總經理，重作馮婦。這次在歐洲日報的任職，前後約一年半，感謝效蘭發行人，她教導了我很多，我受益匪淺。

三、功在中法文化交流的蘇、傅兩位神父

在參與留法勤工儉學的前輩們，有幸受到賴神父的感召與愛護，大家感念這位為我留學生徹底奉獻的人。

在三十年之後，中法斷絕邦交的年代，在法國有一位蘇德能神父，也為我留學生付出愛心，提供無所保留的服務，筆者在法留學時，親身受過他的愛心照顧，現把他的事蹟加以敘述，來感念這位偉大的留法學生的褓母。

蘇神父的中文名字是蘇德能，高高的個子，滿頭銀髮，慈祥的臉上，永遠掛著微笑，下巴留著修剪整齊的山羊鬍子，猛一看像極了歷史課本上所載的利瑪竇，說實在的，以他對中國的熱愛，以他對中國同學的照顧與服務熱忱，說他是現代的利瑪竇，並不算太過份。

蘇德能神父生於一九〇三年，早年加入天主教巴黎外方傳教會，民國十八

年到四川傳教，深入窮鄉僻壤，與我農民建立深厚友誼，由於他在四川傳教達三十二年之久，講得一口四川話，他雖然沒有歸化我國，但他熱愛中國，在任何的場合都以中國人自居，以做中國人為榮。

三十八年中共佔據了整個大陸，蘇神父深惡中共，自不為其所容，乃返回法國；旋即出任巴黎「遠東學生中心」主持人，為遠東地區留法學生服務。

在蘇神父主持下的「遠東學生中心」，雖然也接待遠東地區其他國家的青年，但他對我國留學生基於一種鄉土之情，不由的有所偏愛。法國承認中共，我駐法使館撤離之後，他不但成為留學生的大家長，也成了我旅法僑民的監護人。

到法國留學的學生，蘇神父是毫無條件的充當入境保證人，如無親友同學在法的，蘇神父還親自到機場迎接，安排住宿，帶領辦理居留證及入學註冊，使一些遠適異國的大孩子初到法國，像回到家一樣，享到濃郁的人情溫暖。

由於蘇神父幾乎認識每一個中國留學生，而每個留學生也把蘇神父當成了家長，因此遠東學生中心，每天人群川流不息，像透了臺北公保聯合門診的掛號處。男的、女的都是東方面孔，他們有的是閒得無聊，找朋友聊天；有的是來看祖國的報章雜誌；有的是生活或居留發生困難，請蘇神父幫幫忙。

蘇神父在巴黎交遊廣闊，警察廳那所大衙門，他上上下下無不熟悉，任何事只要蘇神父出面，無不迎刃而解。

我留學生在巴黎最苦惱的是居留問題，與辦理出入境手續，主事人因人多事繁，態度都很惡劣，手續上稍有差錯就打了回票；若被他們找到漏洞，則拿一張白紙向居留證上一貼，限期出境。這時什麼話也不要說，說多了會被轟出去，把事情弄得更僵，最好的一條路就是找蘇神父幫忙。蘇神父一去，胸脯一拍，問題就解決了。辦出入境也是如此，要想快或因急事離法，也只有找蘇神父。因此，白髮蒼蒼的蘇神父，幾乎每天都在警察廳出現。他認識的人多，光和警方人員打哈哈，都夠累的，不要說跑路了。

「巴黎居大不易」，住，成了留學生的大問題。沒有地方住了，想找房子，在巴黎如大海撈針，得不到要領。這時就要找蘇神父，蘇神父總是來者不拒，都是在短期內解決了住的問題。原本一般出租房子給外國學生的房東，都與蘇神父有連絡，他們不與留學生直線交通，有蘇神父的介紹才接納，蘇神父成了不收佣金的房屋介紹人。留學生們的事情做不完，一些繁雜的事情，使蘇神父成了大忙人，由於工作過度勞累，健康日差，為他做秘書工作的表妹奧斯海小姐，在不得已的情況下，往往為他擋駕，讓他有喘息的機會。但聰明的留學生們，會在路上等他，向他訴苦一番，無意間告了秘書一狀。蘇神父會厲言厲色的對他表妹責備一番，這位表妹秘書為此不知流了多少眼淚。

蘇神父對讀書用功的留學生，總是大力栽培，在寫論文的階段，他會私底下給一部分生活津貼，使能集中精力完成論文，接受過他津貼的人恐不在少數。

蘇神父最令人感動的是急人所難，一位跳船的船員，被法國警方抓到，解押出境，又跑回來，處境非常狼狽，蘇神父向他伸出援手，不但為他解決了居留問題，連生活一併解決，使這位船員絕路逢生，感激涕零。

有一位朱姓同學，在法生活過不慣，在巴黎居住了幾個月就要回國，他搭乘清晨五時的火車，到比利時搭飛機，初冬季節，巴黎天氣很冷，蘇神父竟冒著侵人的冷風到車站送行，並殷殷叮嚀，一路小心，就是父母也不過如此，此情此景，令人感動不已。

更值得一提的，是蘇神父在我國四川傳教多年，說一口四川話，他常以中國人自居，還學會了擺「龍門陣」，談到事情時總是喜歡說他們法國人如何？咱們中國人又如何，那份親切勁，實在令人動容；他雖然是高鼻子、藍眼睛、又留了滿嘴的鬍子，但沒有同學把他當做「外人」。

我僑委會為感謝蘇神父對我留學生及僑民的愛護，曾以獎章相贈，並公開的舉行了一個儀式。那天，有許多僑胞與留學生出席，在掌聲中蘇神父接受了獎章，表情激動，在場的人無不感動，認為蘇神父當之無愧。

由於年邁，健康日差，在不得已下蘇神父退休了；退休之後，困於腿疾不能行走，後老病叢生，於民國六十七年十月一日與世長辭。

在巴黎的華僑與留學生，當獲得蘇神父去世的消息後，無不哀傷落淚，大家都自動的參加蘇神父的追思彌撒，有些人送殯至墓地，在他的棺前泣不成聲，這是在巴黎不太常見的動人場面。返國服務的留法同學，獲得不幸的消息後，都不約而同的聯絡同學，商討為蘇神父舉行追思彌撒，並決定籌募設置蘇神父紀念獎學金。

賴神父與蘇神父大半生都為我留學生盡瘁，為中法文化交流而默默的工作，他們都獻出精力，累壞了身體，達到了一位擔任神職者的最高境界，假若我們的外交官人人有偉大的服務精神，今天在海外主觀客觀的局面都一定操之在我。

傳承烈神父已去世多年了。

雖然他是法國人，雖然早已墓木已拱，但他仍活在許多留法同學的心中；大家都懷念他，像懷念去世的親人一樣。

筆者之所以認識傅神父，是筆者在民國五十九年，決定要去法國留學時，在巴黎的朋友來信，介紹傅神父辦理一切赴法手續，朋友信心十足的告知，只要找上傅神父，他一定幫忙，他一幫忙，一切均不成問題。

傅神父那時在台北主持震旦法文補習班，並在大學教授法文，在中法邦交斷絕後，他是留學生赴法申請簽證的代理人，是留學生由台北通往巴黎的一座重要橋樑。

在震旦補習班，見到了這位說得一口流利中國話的法國神父，他很和藹可親，也很風趣，平易近人，沒有一點架子。

他為筆者辦妥了赴法的簽證，在未赴法之前，在震旦補習法文，時常和他見面，每次都很親切。

到了巴黎，在同學們日常談話中，常常提到傅神父，大家都很喜愛他，他是大家的朋友。

傅神父是位具有拉丁民族特徵的法國人，高高的鼻子，深藍色的眼睛，身材瘦弱，溫文儒雅，一副書生的樣子，雖然年屆不惑，頭髮斑白，但精力旺盛、兩眼炯炯有神，由外表可以看出他的修養工夫。

傅神父出身法國世家，皈依宗教，擔任神職之後，奉派上海，在震旦大學任職，直到大陸變色，才來台灣繼續神職工作，由於在我國甚久，對我國的那份鄉土感情，比我們年輕的一代還強烈。

傅神父記憶力很強，在他安排下赴法求學的同學，都留有深刻的印象，甚至叫得出名字。返法渡假時，到處訪問同學，了解生活狀況，有什麼困難發生，他無不盡力解決，不會感到厭煩。因此他人之所至，溫暖隨之，留學生都把他當做了親人，到處充滿了歡笑聲。

傅神父雖然擔任神職，但思想並不守舊，對男女間感情之事，只要雙方真心相愛，無不大力撮合。一位留法的江姓同學與一女友相戀數載，想走入教堂，又無力負擔結婚費用，傅神父把婚禮一手包辦下來，他把主持結婚彌撒，視為一大樂事。但他如認為某方用情不專，結合不幸福時，他也會固執的反對。

在法國男女關係比較開放，但傅神父在這方面是衛道者，他認為男女之間要保持一定的禮數，不可隨便。有一次，他為一位女同學找了新居，一日抽空探望，發現一位男同學懶散的臥在她的床上，雖然衣履整齊，但傅神父仍難諒解，認為太不成體統，大大的訓誡一番，由於發自至誠，這兩位同學對他一點也不惱恨。

傅神父對我留法同學愛護備至，到法留學都委託他代辦入境簽證，他無不盡力幫忙，很少拒絕。辦好了入境手續，在法如無親友照顧，他還會設法代為安排生活，設想的非常週到。

他對法國留華學生也照顧週到，有些人來了之後，生活發生問題，傅神父會熱心的代為介紹工作，語文不行的，找人代為補習，留華學生提起了傅神父，無不敬愛稱讚，並以他為榮。

傅神父是中法邦交斷絕後，從事中法文化交流，最有貢獻的人。由於工作勞累，體康不佳，但有同學找到他，他仍是笑臉逢人，竭力幫忙。他常為了別人，而忘了自己。有些同學在受到幫助後，過意不去，想給他一點物質上的酬勞，他會嚴詞拒絕，但如果誠心誠意的請他上上小館子，把酒暢談，他會快意的接受，因為他很喜歡吃中國菜，更欣賞小館子的情調，更重要的是這樣可以縮短情感的距離，增進相互的了解，他喜愛每一個人。

傅承烈神父在法國的故鄉，是在西部的一個小城拔姬（poitleys），那是一個風景優美，很有文化氣息的小城，那裡有一所大學，並設有語文班，供各國留學生來此作語文進修。我在來法不久，承傅神父的介紹來到這裡進修法文。

傅神父的父母都去世了，在家中僅有一個哥哥，年紀也很大了，找到了他，他很熱心的代我安排了住處，辦妥入學手續。有時請我喝一杯咖啡，使我享受到異國的溫暖。

在拔姫小城，認識傅神父的人不少，對他遠赴中國傳教，獻身神職，都有崇敬之意。

傅神父在台北，除了主持教堂傳道，幫助留法學生申請簽證，以及綜理震旦法語補習事務外，還在政治大學教法文，據說蔣夫人也跟他學過法文，他也幫夫人處理過一些法文文書。他在我外交部、教育部朋友都很多，很受我國人的尊敬。

他一生從事神職，以服務為職志，只知有他人，不知有自我，實在達到神職的最高境界，他去世之後，想他在天國當如同在人間一樣，一點不會感到寂寞，因為好人是不會寂寞的。

四、留法學生界人才輩出

政府遷台後，中法邦交早斷，國人赴法留學者甚少。自民國五十年起，社會安定，經濟起飛，青年學子赴法留學者漸多，他們刻苦自勵，一心向學，故人才輩出。現謹將出類拔萃，成就非凡，名聞國內者，介紹於後。

(一) 曾為文教掌舵者的郭為藩

郭為藩，台南市人，其尊翁從事船務工作，家庭經濟環境良好，當時台灣被日本佔據多年，一切社會設施、教育水準都不能與大陸相比，為了使子女能夠受更好的教育，為了使子女知道自己是炎黃子孫，郭為藩的父親乃將全家遷至廈門。

廈門是一個壯闊的海港，經常有萬噸的巨輪進進出出，郭家從事船務工作，從小就受航海的影響，每天接觸海上雄風，因此在幼小的心靈中，深愛著海洋，他最初的志願是能當航海家，做一個乘風破浪、遨遊四海的船長。

郭為藩小學教育是在廈門受的，民國三十七年，大陸行將變色，為了躲避赤禍，他舉家又從廈門遷回台南市。在台南市他考入了全省有名的台南一中，從初一讀起，直到高中畢業，在那有優良傳統的學府裡，讀了六年的書，在校不但功課優秀，名列前茅，還展現了極為突出的文學才華；不論作文比賽，主編校刊，製作壁報，無不獨站鰲頭，為師生所讚賞。

在他就讀中學時，他父親因腿部神經痛而無法行走，致使他家道中落，環境日益困難。他的大姐郭婉華，為了代父負擔家計，高中畢業後，放棄升學，而考入中廣台南台做事，以薪資貼補家用，並幫助弟妹完成學業。後來郭婉華在廣播界表現得亦很卓越，得過不少獎；中華電視台開播時，轉入該台任編審及節目部台語組組長，以後又累升副經理之職。郭婉華的夫君王士祥為文化新聞工作者，曾任職文工會及中華日報副社長，曾是我的老長官。

郭為藩受了大姐的影響以及鼓勵，在民國四十四年高中畢業參加大專聯考時，毅然決然的選擇了師範學院社會教育系。因為一來師範學院有公費，可以使他讀大學而不必由家中負擔學費及生活費，減輕家庭負擔，一方面社教系中有廣播教育組、新聞組、戲劇組、圖書館組等不同的專業組別，非常吸引人，他選的是圖書館組。

在師大讀書期間，郭為藩只擔任過一段很短期間的家教，其餘的時間完全在專心讀書，因為他一直認為學生的主要責任就是讀書，而不是賺錢，尤其當家教而忽略了學業，那是捨本逐末的做法。因此他在學校公費的補助下，很順利的以優異成績，獲得大學畢業文憑。接著在民國四十九年考入師大教育研究所，依然靠著公費，進行研究所的學業；生活雖然苦，但他在困境中力爭上游，勤奮讀書，他深信，唯有高深的知識與讀書人的品格，才是自己一生受用不盡的寶藏。

民國五十一年，他提出「戰後的法國教育改革」之論文獲得通過，而取得教育學碩士學位，他寫這一題目的原因，是教授們鼓勵他多研究歐洲教育體系與思想，因為歐洲是現代教育精神的發源地，很值得多鑽研，所以他才把教育精神貫注於這一方面。

民國五十二年，他以優異的成績考取公費留學，能一舉考取難考的公費留學，可見他在學業上的努力與出類拔萃。他考中之後，興奮之餘決定前往法國留學，這與當時一窩蜂到美國留學，似乎是不合潮流的；但他認為研究教育問題，歐洲不比美國差，留學有沒有成就，還要靠自己；為了本身求學的執著，為了實現自己的理想，他認為他的選擇是很明智的。

到了法國，當時他的法文還不夠好，巴黎生活水準很高，他堅持專心讀書不打工的原則，過得很苦。當一切都走上軌道之後，他為了更深入的了解法國問題兒童的心理狀況及自我觀念，自願擔任義工之服務工作，他曾帶領巴黎醫院腦性麻痺患者，從事各種音樂活動，也曾利用暑期參加法國機構為問題兒童所辦的夏令營，擔任輔導員。

由於他對問題兒童關心，由於他對問題兒童做學理與實際的印證，他的博士論文「特殊兒童的自我觀念之探索」，寫得很順利，經過口試而獲得巴黎大學教育學博士學位。

郭為藩獲得博士學位後，很多人都勸他留在國外，畢竟國外的機會比當時國內要好的多，但他立志以學問報國，因此在獲得博士學位後，毫不猶豫地返國，受聘在師大教育研究所擔任副教授。

民國六十年底，政府內閣改組，蔣彥士擔任教育部長，蔣部長選擇人才很嚴，乃情商郭為藩出任教育部常務次長，他毅然接受；這一人事安排，當時有所議論，還有人預測他做次長三個月不到，就可能掛冠求去。

結果，他當了整整五年的常務次長，替蔣部長做了不少事，在做次長之初，連他的夫人林美和，都認為他不太適合行政工作及走政治路線，但他一方面感於上級的知遇，一方面也讓一般人知道，讀書人並不只能讀書，也能擔當重責大任，他認真的工作、不斷的鑽研，一做就是五年，而且風評甚佳。

民國六十六年教育部改組，他辭去職務，而專職在師大教育研究所任教。民國六十七年，師範大學校長出缺，他順理成章地擔任了師大校長，而成為第一位由師大校友擔任的校長。距他民國四十四年考入師大，已整整二十三個年頭。他除了出國讀書那幾年外，他一直沒離開過師大，就是在教育部次長任內，他仍在師大教育研究所兼職任教，因此他對師大有感情、有瞭解，擔任校長最理想不過。

郭為藩在師大校長任內，極其重視整個校區的重建與開創，不但在公館開拓了師大分部的宏規，而且校本部的風貌更整個改變，如現代化的美術館、圖書館、教學大樓、音樂館、研究生宿舍、體育館、工教大樓等，都先後建築完工，使原本老舊的師大，呈現了一股完全不同的新風貌。

由於他在師大校長任內的優異表現，使政府更為賞識，因此更上一層樓，入閣成為政務委員，也就是所謂不管部的部長。

郭為藩做了幾年政務委員之後，民國七十七年十三全大會之後，被任命為行政院文化建設委員會的主任委員。

李登輝任總統時期，他曾出任教育部長，對教育改革著有貢獻。卸任後轉任外交工作，做了一陣子駐法代表，對我與法國關係的增進，著力甚多，雖然一般人認為這一任命，會有酬庸性質，但也顯示了他具有文教領域以外的長才。

他在政壇上一帆平順的做到退休，自有他的過人之處。

郭為藩雖然屢任要職，但文質彬彬，談吐溫文，沒有一點官僚氣息，居家之時，一身運動裝，閒適的在家休憩看書，有時幫助太太做點家事。平實是他最成功的地方。

(二)青年的偶像李鐘桂

以兩年九個月的時間，寫了一篇十萬字的「公海捕魚的國際法規」論文，獲得法國巴黎大學法學博士的李鍾桂，是青年人的偶像，早年她在黨政界以深厚的實力，清新的形象，一直是成功的才俊角色。後來長期主持青年救國團，經過無數的驚濤駭浪，成為救國團的褓母，更為人所樂道欽敬。

李博士是江蘇泰興人，她的童年適逢八年抗戰，因此在四川度過。由於抗戰時的艱苦歲月，養成她以後堅毅的性格與誠摯的愛國情操。

李博士的父親是軍中文職人員，對她的教育一向重視。民國卅八年由大陸來台，先在基隆市就讀小學、後來轉到新竹富國小學唸五年級，由於成績優異，五年級結束，越級報考初中，錄取竹東中學，初一下再參加插班考，而進入新竹女中就讀。自此讀書的興趣愈來愈濃，成績也一直名列前茅。初中畢業後，參加台北聯招，考入最有名的學府北一女，與一些才女同學一起，更激發了她的力爭上游之心，成績一直很出色，北一女畢業，參加大學聯考，如願以償的進入第一志願政大外交系。

在政治大學，李博士仍以讀書第一，為了減輕家庭的負擔，課餘擔任家教，但絲毫未影響到她讀書的狂熱與課業的成績。

大學三、四年級時，受聘到陸軍參謀大學教英語，學員都是軍中重要幹部，年齡比她大得多，但他們對她很信服。大學畢業後，因成績優異，被留校當助教，並且在開平中學教書，工作之餘仍埋頭書本，努力不輟。

民國五十年夏天，她參加公費留學考試，脫穎而出，在八位榜上有名者，她是唯一的女性。由於我留學生大都向美國擠，她認為歐洲各國文化悠久，人文薈萃，學術水準與美國相比猶有過之，因此她選定了留學法國。

李博士到了法國，乃進入巴黎大學，改讀法學博士學位。巴黎是一藝術氣息濃厚的花花之都，如果把持不住求學的意志，特別是一個女孩子，一旦迷戀那裡的繁華，就無法收心了。李博士在巴黎，除了大使館、同學會舉辦的集會參加之外，她幾乎沒有任何私人節目，除了讀書就是讀書。她讀書的時間，每天幾達十八個小時，她用化整為零的方法，把每天要睡的覺分成幾批來睡，每頓飯後小睡一個半小時，加上三頓飯各半小時，一天就花六個小時在吃睡之上，有人說拿破崙精力旺盛，每天睡眠不多，李博士的讀書，真可與拿破崙的當年用兵相比。

在夜以繼日的努力讀書之下，果然成效斐然，她以兩年九個月的時間，就寫出一篇十萬字的「公海捕魚的國際法規」論文，並通過口試，而獲得法學博士學位，那年她僅廿七歲。

她拿到博士學位之後，很快的回到國內，受聘在政大、台大教書，並擔任國際關係研究所兼任研究員，在校是屬於最年輕的教授。不久與留學西德亦同樣獲得博士學位的施啟揚結婚，夫妻同為博士及青年才俊，一時傳為佳話。民國五十五年，由中央日報、台灣電視公司、中國廣播公司聯合主辦十大女青年選拔，李鐘桂獲第一屆十大傑出女青年，為社會各階層所矚目。

民國五十八年三月廿九日，中國國民黨舉行十全大會，李博士被推為代表，在會中發言，態度從容、口齒清晰，有內容、有條理，不但引得全場代表的稱讚，亦獲得國民黨總裁蔣公的賞識，被提名為中央委員並獲當選。

民國五十九年擔任政大外交系主任，六十一年出任教育部國際文化教育事業處處長，在處長任內，對國際文化交流，留學政策的修訂，外籍學生留華辦法的釐訂，以及國際文化中心的設立，均貢獻良多。

民國六十六年轉任太平洋文化基金會執行長，對促進太平洋地區文化工作，亦甚有建樹。

民國七十六年三月，她出任中國青年反共救國團的主任，這是一項很重要的職務，經國先生及李煥秘書長均擔任過這一職務，由此可以看出有關方面對她的重視。

李博士在十全大會時顯露頭角，中央委員的選舉排在一百名，十一全大會時則進入八十名，十二全大會躍到前四十名，十三全大會，得票數排名高居第八，這一情況顯示，她在黨政界已由明日之星，變成聲望日隆的燦爛之星。

由於李博士在中央委員選舉中，排名大為超前，一般人都推測她可能被提名為中常委，但其後由郭婉容出線，她的夫婿則進入中常委之列，風頭雖稍遜倪文亞與郭婉容這對夫婦，但夫婦一為中委一為中常委，所受到的推重，已夠人欽羨的了。更何況他們夫妻都在盛年，黨政生命還長得很呢！

十三全大會之後，有關李鍾桂將接任婦工會主任的傳聞不斷，李鍾桂亦表示，她喜歡從事文化、教育的工作，婦工會的工作對她並不適合。七十七年九月三日，蔣夫人宋美齡女士召見她，表示婦女工作很重要，有勸勉之意，不久李登輝總統也接見她，強調婦工會與救國團同等重要，兩者可做適當的配合，不久她接掌婦工會仍兼救國團主任的人事命令發表了，一人身兼兩大要職，而且層峰接見嘉勉，在黨政界炙手可熱是可以想見的了。

李博士除了學問淵博，文筆流暢，常有文字論述之外，口才之佳亦屬一流，很多單位請其演講，上得台來，態度從容不迫，口若懸河，滔滔不絕，不但沒有吃螺絲的情形，在一般「哼！」、「哈！」、「這個」、「那個」的語助詞也很少，可見她在事前的準備充份，具有演說的才能，這也是她成功的一大因素。

李博士除了說話做事幹練俐落之外，穿著打扮則女人味十足，衣著得體，化妝淡雅相宜，很能配合她的身份。她和行政院副院長施啟揚，結褵二十多年，雖然沒有子女，但始終非常恩愛；他倆在家儘量不談公事，每週總要抽空吃吃小館，看場電影，十分注重家居生活的情趣。

李博士精力過人，除了讀書時大顯分批睡覺的本事之外，在工作忙碌、或想多做一些事時，這一故技則予重施，她能決定睡多久，到了時間就能立刻醒過來，生理時鐘完全可以自動控制，她實在是一位具「天賦異稟」的人。

李鍾桂博士是在救國團任職最久的一位主任，是救國團最得人望的領導者，在李登輝任總統期間，駙馬爺賴國州想把勢力伸向救國團，力奪主任之職，為李鍾桂所敗，弄的灰頭灰臉，李被新聞界稱為「旗袍辣妹」，也成為救國團的守護神。救國團在政黨輪替後，仍能維持不錯的局面，李博士厥功甚偉，令人欽佩。

(三) 留法傑出的夫妻檔

在留法的學生群中，夫妻共同留法，以夫為主，妻子陪讀者有之，各有所攻者亦有之，在法兩情相悅，大談戀愛而結為夫妻者更有之，但夫妻均學有所成，返國後在不同領域，均有卓越表現，而均享有盛名者則不多，經過細算公認者約有下列三對：

第一對夫妻檔為黃秀日與張麟徵，黃秀日由法學成歸國後，投入外交界，外交界很重視倫理，有一套升遷制度，能爬上高位很不容易，黃日秀能升到駐外大使、禮賓司長及次長，大名常在報紙及電視新聞上出現，在我外交處境困難之時，表現之優異與成就，誠為國人所共知。

黃秀日不但在外交界攀登高位，表現突出，在國內建築業界亦令人刮目相看，因為他家道富有，在忠孝東路五段靠近信義計劃區一帶，有許多祖產土地，興建之後獲利可觀。財富攀升自屬必然，有人說他在外交部是最富有的一位官員，官位對他也僅是錦上添花，他用不著為五斗米而折腰，也不必計較薪水的多寡，反而會用自己的腰包，補貼公用，這都是流傳的佳話。

談到他的夫人張麟徵女士，更是家喻戶曉的名教授，她任教台灣大學多年，桃李遍天下不說，常應邀在政論節目中，做特別來賓，以專家的立場，表達她對時勢時政的看法。她台風穩健，學養豐富，談吐清晰，有見解、有內容，不畏權勢，不媚俗流，很得一般電視觀眾的佩服與喜愛，她如肯脫下教授的桂冠，主持政論節目，一定大為叫座，開出高的收視率。

他們夫婦對人和靄可親，不但沒有一點驕氣，反有一身濃厚的書卷氣，充滿著智慧與學養，尤為難得。

第二對夫妻檔是杜筑生與邱大環，杜筑生留法學成回國後，投入外交界，深得錢復先生的賞識。外派美國我駐美單位，表現優異。後調部出任司長等職，更發揮長才，迭有優異表現。調升為次長之後，層樓直上，乃襄助部長主持外交大計。他由一個默默無聞的留學生，沒有特殊背景，憑著苦幹實幹，勇於任事，慢慢的升上外交部的高位，這對一般年輕人，有志從事外交工作的是一大鼓勵，他也樹立了一個典範。

杜筑生在外交部次長職位上，不但獲得部長的信任，還得到更高層的賞識，在我駐梵蒂岡教廷大使戴瑞明被調回國後，杜筑生被派接任，這是我在歐僅存的一個正式外交據點，中共與教廷建交的風聲不斷，其重要性自不待言，派一位出色的外交人員出任，是理所當然之事，杜筑生的出任可看出他的被重視，被委以重任，由於他出任艱鉅，也可看出他的前途更是一片光明。

杜筑生的夫人邱大環輔仁大學法語系畢業，父親是老立法委員邱有珍，自幼即獲珍愛，悉心培植，她長得秀外慧中，聰明而有活力，有語言天才，法語說的非常流利，在為留學生時即是很活躍的人物，交遊廣闊，為一般留學男生所仰慕，後來被杜筑生追上，在巴黎結婚。

邱大環回國後，在台灣大學任教，杜筑生在外交部外派時，不得不隨夫赴任，夫唱婦隨，影響了她個人事業的發展，但對杜筑生事業的發展，則有莫大的輔助之功。在我駐法文化中心主任，資深外交官趙克明去世後，她被外派巴黎，接任主任之職，各方咸信得人，預料她定會獨當一面，大展長才，後來杜筑生出任教廷大使，她又辭職隨夫君去梵蒂岡了。

這一對夫婦在政府遷台後，在留法的學生群中，是表現最突出的，常為留法同學所津津樂道。

第三對夫妻檔則是盧修一與陳郁秀，盧修一在國外就可能參與台獨的活動。在巴黎有不少台籍留學生，編印刊物宣傳理念，不時聚會，吸收新人加入，他們曾在留法同學會改選時，杯葛議程，使同學會無法改選，形同解散。更不可思議的是位名叫黃昭夫的留學生，在中國國民黨派駐巴黎人員滕永康，主持一項三二九青年節集會時，黃竟持刀參加，在散會時將滕永康刺傷，血流如注，如不是同學加以阻攔，滕永康有被刺死之可能。滕永康不過是一個國民黨駐法支部書記，刺殺他實在沒有必要性，也沒有什麼大作用，由此可見當時部份人的狂熱，及強人政治造成的後遺症。

盧修一學成返國後，因暗地的從事台獨活動，被情治單位拘捕，最後從輕發落。我政治開放後，民進黨成立，盧修一有被捕的功績，又是有博士學位的留學生，很快在民進黨內脫穎而出，在台北縣競選立法委員，高票當選，進入國會後，問政很突出，他頭髮灰白，笑容可掬，有「政治老頑童」之稱。後來他有意競選台北縣縣長，因不幸得了癌症，不得不放棄，當蘇貞昌被民進黨提名競選縣長，最後一晚盧修一拖病助選，跪求台北縣選民，就因這驚天一跪，把蘇貞昌送上縣長寶座，在選舉史上傳為佳話。後來不幸去世，在民進黨的地位有很崇高的論定，在國內也大大的出了名。成了無人不知，無人不曉的人物。

盧修一的夫人陳郁秀，是大畫家陳慧坤的千金，幼學鋼琴，很有天賦，參加比賽都名列前茅。讀北一女高二時，通過教育部資賦優異學生出國進修甄試，往法國專攻鋼琴，就讀巴黎音樂學院，成為鋼琴演奏家，返國後在師大音樂系任教，國內學鋼琴者，能獲陳教授指導，被視為如登龍門。

民進黨執政後，黨人感念盧修一對民進黨的貢獻，及陳郁秀在音樂及文化上的成就，被陳水扁總統任命為行政院文化建設委員會的主任委員，在文建會主委任內，雖無重大建樹，但政通人和，評價不差。卸任後又轉任文化總會秘書長及國家音樂兩廳的董事長，繼續為文化建設，社會音樂教育盡力。

在民進黨執政後，在歷次內閣改組的閣員中，陳郁秀應屬學有專長，學以致用的閣員，與中學庸應有同等的地位，他夫妻一存一歿能同享盛名，乃是受時代所賜。

五、巴黎僑社臥虎藏龍

(一)

我到巴黎不久就認識了丁立先生，他那時是一家餐館的大廚師。

丁立給我的第一個印象，如果以記述特徵方式如下：六十多歲，方圓的臉上佈滿風霜，兩眼炯炯有神，個子不高，但很粗壯，穿著入時帶點新潮，是個老而花，豪而爽的江湖中人。以後與他交往，印證了我的第一個印象一點也沒有錯。

丁立是在大陸失守，逃到香港，輾轉到巴黎的。在大陸時在軍統局工作，說的明白一點是曾幹過「地下工作」，為國家出生入死過。大陸失守後，成了脫隊的流亡人士。在巴黎無事可做，只有忘掉過去，幹起大廚師來。當廚師對他也而言是「龍困淺灘，虎落平陽」，但有什麼辦法呢？因此在他平常的言談中，總是顯露著對人生的牢騷與失意。

據他說，他在抗日期間，從事地下工作，曾派遣到越南的河內，協同法軍與日本抗爭。在河內他因工作關係救過一位法國官員的性命，這位法國官員對他的救命之恩，感激的無以復加，留下了在法國的永久地址，發誓在他有生之年，若能再相聚，並能為他效什麼勞的話，一定萬死不辭，以為感恩圖報。

這位法國官員在返回法國之後，一路飛黃騰達起來，在法國警察界居於高位。丁立先生在與家人逃出大陸，流落香港，走頭無路之時，想到了這位受過他大恩的法國朋友，於是與他連絡，由他的作保，全家才轉移到法國去。

到了法國巴黎，這位法國友人，當然予以熱烈的招待，但他法文不會，拖家帶眷，生活總不能讓人家負責，因此湊了點錢開起中國餐館來，但因經營不善而倒閉，不得已幹起大廚師來。

在他到法國不久，巴黎警察廳的人不知道他的底細，在居留上大加刁難。有一次居留辦不下來，要把他一家人限時驅除出境，使丁立焦頭爛額。在無法可想之下，就去找那位位居警界高官的朋友。他這位朋友明白來意後，就指點他，要他什麼話也不要說，回家帶著老婆孩子到警察局去，耍賴著不走，他們會自有安排。丁立照著他的話去做，把一家四口都帶到市警局，聽候處理。不久一位高級警官把他們客氣的帶到辦公室，並且把三年的居留證送到手上，並說了許多客氣話，表示今天對不住，將來有任何困難，都會盡力解決，務請多多包涵。

法國警察的前倨後恭，一時使丁立一頭霧水，事後才知道他這位法國朋友，一個電話打到警局，要他們善待他這位救命恩人，不可有絲毫造次，才有此結果。法國人是知恩圖報的民族，由此可見一斑。

由這段故事起頭，丁立又善於交際，不久警局的人都成了他的朋友，到後來丁立雖不能呼風喚雨，但中國同胞之間發生什麼小事，譬如請工作卡，延長居留一類的，由丁立出面都可迎刃而解，沒有打回票過。一時丁立成了中國僑胞的褓母。丁立慷慨好客，在巴黎僑界交遊廣闊，大家遇到疑難雜症都去找他。我的工作證就是丁立先生閒話一句而辦下來的。

丁立嫉惡如仇，口快心直，在僑界也得罪了不少的人，但對一些困頓的中國人，他總是挺身而出，幫他們解決困難，為人重言諾，有江湖義氣，說他是俠客，並不過份。

丁立書讀的不太多，但他的兒子丁國瑋非常爭氣，是在法國真正得到國家博士的中國人，也是第一人。在法國得國家博士很難，法國人都很難獲得，他能得到，誠屬不易，出生這種家庭，更屬難得。他因為優秀曾在比利時的聯合國科技組織工作，甚有成就。

我與丁立的交往不算密切，但他對我的居留盡了力，也未收任何報酬，他的俠義之風，為中國人解決困難問題，令我十分敬重。

丁立先生曾與一位法國女人同居，並且生了一個女兒，老而難過情關，是一般華僑常談論的話題，由此可見，住在法國，想討個法國太太，並不是件難事，至於和法國女郎親近親近，那更不在話下了。

丁立先生在我返國後不久，赴德國朋友家渡假時，在夜半之際，忽感不適，仍披衣在沙發上小坐。第二天有人發現他，向他問候，不答不理，仔細觀察，全身僵直，早已去世了。原來他有心臟病，一直不知珍惜，在客旅之時病發，而走向黃泉之路，友人聞之，無不婉惜。不過，丁先生生而任俠，死而無病徵，靜靜地安詳地離開人間，對他的好心，上帝好像並未虧待他，也算得所善終了，唯一遺憾的是老死異鄉，未能見河山光復，落葉歸根而已。

(二)

在巴黎市郊昂卜葉小鎮有一座新建的中國館，主持人是成之凡女士。

這座中國館佔地千餘坪，純中國式建築，係成女士拿出自己多年的積蓄，配合地方熱心人士的捐獻而建成的。成女士建館的目的在傳播我國文化，除在這裡設帳傳授中國太極拳、民族舞蹈、古典音樂、展出她搜集的藝術品之外，還計劃開設餐館，介紹我國烹飪術，及舉辦季節性的演奏會，以配合小鎮的觀光事業發展。

成之凡女士是我國老報人，曾任立法委員及世界新聞專科學校董事長成舍我先生的女公子。她早年留法，潛心音樂與繪畫藝術，數年前返國曾在中國文化學院任教。

成女士多才多藝，不但國學有根基，音樂、繪畫、舞蹈無一不精。她在巴黎設帳授徒，教讀論語、孟子及老子的道德經，兼授太極拳，同時也教一些她自己所創作的舞蹈。此外每年都舉行一次畫展及音樂演奏會，成女士所教授的舞蹈，是將我國的太極拳動作，揉和到我民族舞蹈動作上，有獨特的風格。她所研究的音樂，其中之一是我們的廟堂音樂，有鐘、有鼓、也有佛教徒誦經時所敲的木魚，成女士家中目前收藏的大小鐘、鼓及木魚約有兩三百件，洋洋大觀。她的音樂演奏會一部分就是演奏這種音樂，她將大小不同的鐘鼓敲出不同的音節，將老子的道德經配上這種音樂來演奏，演奏時道德經的文句用中法文朗誦，鐘鼓與木魚聲為之配合，有莊嚴肅穆之感。

成女士還是一收藏家，除了收藏鐘鼓大小三百餘件外，還收藏了許多古代的衣飾，上至明清下至民初，是研究我民俗的珍品。此外，民間神像雕塑、器物、字畫等收藏亦豐，陳列起來，足可成為一個小型的博物館。

成女士的打扮，在巴黎可算一景，她喜歡穿我國的古裝，頭髮梳成一個髻，配以花飾，脖子裡也帶著許多鍊珠等飾物，服裝寬大，其長及地，以彩帶束腰，看起來和「龍門客棧」張曼玉及上官靈鳳演俠女的那套衣服有幾分相像，她如此的集中華文化於「一身」，走在街上，很引人注目。

成女士做事情很有魄力，多少年來，在巴黎許多知名的中國人想做的事，沒有做到，她卻獨立完成了，天下無難事，只怕有心人，她的這種精神是可佩的。

成女士之夫為法國人，她們結婚多年，有兩個孩子，她長居異邦，但並不寂寞，因為她是傳播文化最多的中國人之一。

前面的幾段文字，是節錄我在聯合報為成之凡女士所寫的報導，由報導中可以知道她時刻在為傳播中華文化盡力。

我與成之凡的交往，得力於我是成舍我先生的學生，同時又在駐法新聞處工作，她找留學生幫忙做什麼事，找我安排比較來得方便。她來辦公室時，非常健談，有時談到一兩個小時。但，若有與她一起並肩走路的機會，我總是避免，因為她集中華文化於一身的裝束，實在太怪了，在巴黎那樣開放的社會，也會引起行人的注目。同時也會使我產生錯覺，不知我到底是現代人，還是回歸了明朝，使我有進入時光隧道之感。

我返國之後，有一年法國總統大選，我的朋友楊允達當時任中央社駐法特派員，他報導成之凡有意競選法國總統，是項報導，引起了我廣大社會人士的注意。我對這一新聞的看法，認為只能當作花邊，是絕對不可能的事。有一天成舍我老校長找我談話，也提出了她女兒要競選法國總統的新聞，我說其志可嘉，其想可行，但是，不但選不上，連提名都不可能。成校長問我原因，我說法國總統提名，要幾百以上的市長及議員簽名推薦，就這一項我們中國人就辦不到，名都提不上，遑論競選了，老校長燦然一笑。

成校長教育子女，是希望子女獨立，卓然有成，不希望子女靠他成名，因此成之凡常把這當話題。她有一年返國在文化學院任教，據她說還是王雲五老師推薦的，老校長竟沒有叫他的女兒來世新教書，或繼承他的志業，這與一般世俗是不脗合的，怪不得成女士言談之間總有些悵惘之惑。

我第二次赴法未見到成之凡女士，也未到她的中國館去參觀。但我深信她已得了老校長的真傳，身上流著老校長的血液，她必然卓然有成，什麼事都會做的有聲有色的。

(三)

巴黎的華人僑社，雖是臥虎藏龍，濟濟多士；但最出名的還是毛澤東的情敵，毛婆江青的前夫唐納。

唐納原名叫馬季良，在巴黎大家都叫他馬紹章，馬先生。

他在巴黎經營一家名叫玉泉樓的餐館，生意很不錯，因故歇業之後，又與我的同學王蓮香夫婦合開了一家餐館，他們時常見面談生意，我們也偶而的不期而遇。他是不大與僑社人士來往的，主要的是怕觸及過去，因此與他碰面，不大理會人，但是面見多了，也會閒聊幾句。故我可以說與他認識，但無交往，更無交情。何況我的朋友也一再的交待，我是名記者，馬先生知道的很清楚，不要與他談過去的事，更不能把他的事當做題材，大寫文章，馬先生知道了，大家都不好意思。

我一直很信守朋友的交待，不過，目前時過境遷，拿他談談，似也無妨了。

在巴黎的唐納，已是六十多歲的人了，人長的還很體面，雖不能說風度翩翩，但可說儀表不俗，一望即知非泛泛之輩。由現在的唐納來看，當年定是一表人才，能使女人動心，不然怎能使江青垂青，而成為明媒正娶的枕上人呢？關於他與江青的一段風流韻史，雖然知道者很多，仍有談談的必要。

話說在三十年代的上海，山東籍的毛婆江青（那時叫藍蘋），鼓著勇氣來此打天下。起先她和金山、趙丹組織實驗劇團，在金山大戲院，上演過「欽差大臣」等名劇，開始嶄露頭角。後來主演「娜拉」一劇，便在上海紅了起來。戲演紅了就與電通影片公司簽約，當起電影明星來，先後演過「都市之光」、「桃李劫」、「自由神」等片，當明星出了名，追求她的人自然也不少。

唐納是上海聖約翰大學畢業的學生，因文筆不錯，而成為影評家。他對江青大力追求，最後雙方正式結婚。據說，他倆當年的婚禮，是在杭州六和塔舉行的，同時舉行婚禮的有三對新夫婦，除他們之外，還有顧而已和杜小鵑，趙丹和葉露茜，證婚人是著名「七君子」之一的沈鈞儒。他們的婚姻未維持多久，就因意見不合而仳離了。當江青提出離婚要求時，唐納內心不願，一度表演自殺，獲救之後，經好友勸解，曾言歸於好，但不久又鬧翻了。江青為表示堅決破裂，遠去山東，返歸故鄉。唐納追蹤趕去，又在濟南小客店中表演第二次自殺，雖然再度獲救，但終不能博得江青的回心轉意。唐失望之餘，隻身返滬，在滬又表演過第三次自殺。由唐納的三次自殺，可看出他對江青的一往情深，與其多情的性格。

後來唐納與一湖南名門之女結婚，在巴黎見到的馬夫人，雖人過中年，還是風度絕佳的大美人，想她年輕時一定不比江青差，在唐納可說是失之東隅，收之桑榆了。

卅八年大陸變色，老毛佔領了大陸，這時江青已是老毛的枕邊人，權傾一時，以老毛的性格，怎能容得下一個多情的唐納。唐納是聰明人，自然也心中有數，因此卅六計走為上策，就携眷逃到法國巴黎來了。

在巴黎的馬先生（唐納）開了一個中國餐館叫玉泉樓，生意很不錯，姜成濤在他店內打過工。在巴黎的僑胞有知道他過去的，因事過境遷也就不談了，日子過得很平靜。

但，無風不起浪，偏偏毛婆江青，心比天高，在大陸上組織四人幫，掀起文化大革命來。法國新聞界很想知道毛婆的各項資料。馬先生有一天酒後吐出真言，因此掀起了軒然大波，馬先生一時上了報紙的頭題，成了新聞人物，記者到處追蹤採訪，中共大使館也不得不使用壓力。馬先生見事不妙，就把玉泉樓賣了，以避風頭。

風頭避過之後，馬先生認為在法要有點營生，以便晚年有靠，乃又與我同學王蓮香夫婦合開了一家餐館。

我與馬先生只是點頭之交，相互有共同的朋友而已，不過在巴黎僑界他是一個有非凡經歷的人物，因此對他格外的關切與難忘了。

寫到這裡，還有一點題外的話，就是當年與江青唐納同時結婚的趙丹與葉露茜，他們生了一個女兒叫趙青，在大陸是頗享盛名的舞蹈家，被選為三大偉大藝術家之一。但大陸流行的傳說，是趙青不是葉露茜所生，乃係趙丹與江青的私生女，因此該女取趙丹之趙，江青之青，有紀念二人一段情緣之意。此話一時流傳，使趙丹很傷腦筋，不得不出來闢謠，並說在三十年代的上海，我趙丹已是專演電影主角的一流藝人，那藍蘋（江青）不過三流腳色而已，藍蘋當年曾多次表示好感，投懷送抱，均置之不理，絕不可能與她生過孩子。文化大革命時，趙丹慘遭批鬥，並且坐牢，就是現在的江青報當年藍蘋屈辱之恨的。趙丹這番說詞，當然不無道理，不過四人幫垮臺了，江青成了牢中囚犯，及過街的老鼠，趙丹才敢這般表白，如果四人幫不垮臺，趙丹就是吃了獅子肺，豹子膽，也不敢把當年藍蘋的醜事搬出來的。此一時也，彼一時也，江青在地下有知，也當望空浩嘆了。

六、海外見溫情

(一)

民國六十二年初，我在法國移民局，為妻子陳祖娟及兒子李亦杜辦妥了來法手續，但由於考慮到在國外的日子不好過，又不敢貿然的叫妻小來，一直拖了半年多，朋友警告我不能再拖了，再拖核准文書恐怕要失效了，於是我才下了決心，寫信叫妻小儘快來法團聚。

妻在國內，從小到大一直未離開過她的父母，更沒出過遠門，現在要帶著剛滿週歲的孩子，到萬里外的法國來，實在有些難為她，這對她的勇氣是一大考驗。

妻淚灑松山機場的場面，我未曾看到，但在老同學鄭琬瑩的來信中，我知道了一個大概。

琬瑩說……「那天，祖娟在松山機場和她父母哭成淚人兒，當她提著沈重的提包，抱著不懂人事的孩子，走上飛機時，看她纖弱的背影，我忍不住的哭了，我佩服她的勇氣，這也許是夫妻之情在支持著她，使她那麼勇敢。」

妻到了香港，由於朋友的介紹連絡，安排住在一所天主教教會醫院中。

妻和教會的姚神父以前素不相識，但他對妻小的照顧，親切如同家人，到港的第二天，姚神父冒著大熱天，帶妻到法國駐港領事館辦理簽證手續，但主辦人看了證件之後，認為申請赴法的期限已過，領事館不敢作主，要請示外交部。

妻聽到這話，一時呆住了，因為她在香港的簽證只有五天，如不能即時赴法，機票已買了，台灣也出境了，香港簽證到期則不能再停留，抱著孩子，拖著大包小包的行李，怎麼辦呢？妻一向愛哭，這時瞻前顧後，更不由的悲從中來。

據妻後來說，姚神父在一再求情，不得要領之後，見妻哭成淚人兒，眼眶裡也充滿了淚水，不停的在擦眼鏡。

次日，他找了一位法國的神父，去領事館說項，在多方請求下，總算獲得了簽證，姚神父這時才大大的鬆了一口氣，妻事後說，他永遠忘不了姚神父對人的愛心與同情心，忘不了那感人的眼淚。

杜兒那年剛一歲多，體弱多病，在港一直拉肚子，同時移民來法要身體檢查，妻總不能一直拖住公務繁忙的姚神父。這時醫院中一位姓楊的護士小姐，是位熱心腸的人，她冒著大熱天，幫忙買藥，買東西，並帶著到法領事館指定的醫院檢查身體。

妻說，楊小姐是位大胖子，體重最低的估計也有六七十公斤，在如火的烈日下，跑來跑去，腰部的裙子都濕透了，手帕可以擰出水來，為了替妻省錢，說什麼都不坐計程車，她見妻身體瘦弱，還幫忙看孩子，讓妻休息，妻說，從沒有看過這樣熱心腸的人。

妻來法後，與她聯絡，她說可能受聘後到英做護士，後來再去了兩封信，未得回音，從此失去聯絡，深以為憾。

民國六十三年秋，妻携子由法回國，搭乘韓國航空公司包機，該機在德國法蘭克福起飛，我送他們到法蘭克福，並經比利時、荷蘭，藉機遊覽一番。

到了法蘭克福，好不容易找到了旅館，安頓停當，想遊覽一番，但人生地不熟，無從遊起。電視紅星劉華的夫君湯紹文先生，當時在法市，與他有一面之識，想去打擾，又嫌冒昧，因此我們一家三人，無目的的在街頭閒逛。

我們在滿街都是德文的招牌中，忽然發現了一個「中國集錦」的中文招牌，我們對這幾個中國字有說不出的親切之感，於是就走過去，看個究竟。

這是一個專賣中國貨的店舖，各種貨品應有盡有，非常齊全，當我們停在門口時，一個打扮入時，長得非常清秀的小姐，向我們打招呼。我們用中國話向她搭訕，她也親切的用中國話回答，談了許多，大家似乎沒有一點距離，在談話中我們知道了她的名字叫陳宛如。

不久她母親出來了，經過介紹，大家也一見如故。

她問了我們住的旅社，知道我們在法蘭克福還有一天的停留，就約好明天帶我們遊覽法蘭克福市。

第二天她一早到了旅社，陪我們遊了歌德博物館，法市市政廳，和一座忘了名字的高塔，塔上有個飯店，會緩緩轉動，可以俯瞰整個法蘭克福市。

那天天氣很熱，她那粉白細緻的臉上，曬的紅紅地，汗珠直冒，我們實在有些過意不去。

下午我們逛了一陣百貨公司，便回旅館休息，晚上到她家做客，她母女做了許多可口的菜，飯桌上殷殷勸菜，飽得我們幾乎直不起腰來，餐後還來了八圈衛生麻將，萍水相逢，幾乎成了一家人。

第二天她與我送妻上飛機，從市區到飛機場，坐了整整一小時的車，把妻送上了飛機，她才依依的離去，熱情實在感人。

我與妻都很感激這位外表秀麗，心地善良的陳小姐。

我們最初通過一陣子信，後來就中斷了，今年收到她來的聖誕卡，是她和她夫君一齊署名的，我為她高興，更為他們祝福，我認為好人是永遠不會寂寞的。

妻兒返國，坐韓航的包機，經過漢城，在漢城要停一天，才能搭上臺北的班機，我們在漢城沒有朋友，我對妻兒在一個陌生的地方，停留一天，實在有些不放心。

由於我在巴黎法華貿易觀光促進會工作，知道新聞局派駐韓國的負責人是白雲峰先生，於是我冒昧的寫了一封信，請他在妻小所乘的班機到達時，能予一點照顧。

我對這封信並未抱太大希望，因為我在想像中，白先生是個忙人，假若過境國人都請他照顧，那還了得，我想他能找一個留學生接待一下，就很夠了。

事實上並非如此，據妻來信說，當他們到達漢城時，恰逢星期天，沒有想到熱心的白先生與中央社駐漢城特派員李在方先生，放棄了難得休息機會，親自駕車在機場相候，安排了旅館住宿之後，還請妻小吃了一頓最好的韓國烤肉。他們為一個素不相識的人，花費了時間與金錢，這份情意，真令人無法忘懷。

(二)

某年春天的某一天，在巴黎做進出口生意的嚴偉達先生，和一位便衣警察，帶了一個面色蒼白的中國女孩，到辦公室來，說她的護照、機票以及支票都在奧利機場被偷了，請我們為她想辦法。

經過一番談話，瞭解了發生在她身上的故事。

這位小姐現在國內某公司任秘書之職，在她讀中學時，就有到歐洲一遊的心願。大學畢業，謀得工作後，就開始存錢，準備實現多年的願望。

最近，她與一位青年相戀而訂婚，準備在今年結婚，她希望在婚前到歐洲旅行一番，了却心願，婚後再安心的做一個家庭主婦。

她把願望告訴其未婚夫之後，愛她的未婚夫拿出一部份的積蓄，助她成行，由其服務的那家公司，開具證明，派她赴歐考察。

這位小姐赴歐洲的第一站是巴黎，當她匹馬單槍，懷著興奮的心情到達巴黎後，不想在奧利機場，向服務小姐詢問問題時，放在身邊的手提包被扒手光顧，機票、支票與護照都不翼而飛。

她當時嚇呆了，一時不知所措，後來由好心的旅客陪她向警局報案，恰好碰到了嚴先生，才陪她到辦公室來。

面對這位如受傷的小鳥，楚楚可憐的自己同胞，除好言安慰外，並幫她去信我駐紐約領事處，重新申請護照。這時，一向熱心助人，在巴黎拉丁區開金鼎餐館的陳銑先生，知道了這件事，也出來幫助她，帶她辦理支票掛失，及申請補發飛機票的各項瑣事。

一切該辦的手續辦好之後，巴黎中國學生服務中心免費招待她住宿，吃的問題則由陳銑先生負責解決。

住在學生服務中心的同學，給她很多的安慰與照顧，陳銑夫婦除免費供餐外，給予的幫助更多，使她獲得難得的人情溫暖與同胞之愛。

十天之後，護照下來了，這位小姐繼續了她的旅程，臨行時對陳銑夫婦說了許多感謝的話，陳銑夫婦認為這是應該做的事，希望巴黎能給她留下美好的回憶。

(三)

王蓮香女士是我大學的先後期同學，在巴黎是一家中國餐館的老板娘。

我們在偶然的機會中相識，後來成了很要好的朋友，她雖為女流，但慷慨好義，急人所難，不讓鬚眉。

有一天我到她家，看到牆上掛了一幅國畫，畫的並不好，我笑她的鑑賞力為何忽然低下起來。

她笑著講了一個有關此畫的故事：

有一天，她到朋友開設的一家餐館去串門子，看到一個衣衫不整，滿面風塵，精神萎靡的中國青年，到這家飯店來求職。

這位青年說：「我是馬來西亞華僑，到法國已半年多了，川資已用盡，又找不到工作，目前已有兩天沒吃飯了，請給我一個工作。洗碗、打雜、掃地都可以，不計較工資，能收留我就好了。」

一位跑堂不耐煩的說：「你已經來過一次了，告訴你這裡沒有工作，你不相信，現在我們要收工了，到別家去吧！」

這位青年滿臉失望，幾乎帶著哭聲說：「我已去過好幾家，大家都這麼說。看在都是中國人的份上，替我想想辦法吧！」

這位跑堂沒再理他。她看不下去，惻隱之心油然而起，就說：「我知道這家沒有工作機會，這位跑堂先生工作很累，沒有耐性，你不要介意，據我所知拉丁區有一家飯店，需要用人，你可試一試。」

她寫了一個地址交給他，並從皮包中拿出了五百法郎，給這位青年說：「這五百法郎對你的生活當有很大用處，我們都是中國人，不要客氣，拿去用，我是誠心誠意的，希望不要傷了你的自尊心。」

這位青年見她如此坦誠，感激的欲語無言，接過地址及錢，表情激動的走了。

過了一個月多，她早已把這件事淡忘了。

一天，她又到這家飯店去，朋友交給他一封信和一張畫，說是一個青年送來，請他轉交的。

她打開信封看，裡面有五百法郎，並有一封短信，信上說：「善心的女士，我永遠不會忘記妳的那份恩情，當我流浪異國街頭，貧困無助時，妳伸出援手，給我無比的溫暖，和給我奮鬥的勇氣，現已找到工作，送還五百法郎，並送上親筆畫的一幅畫，畫的不好，但，它代表了我的心意，我的感激……」

我看了這幅畫，也看到她因助人而得到的快樂，我忽然感覺這是一幅很美的畫，因它包含了一個人動人的故事。

七、同比畢卡索與張大千

畢卡索於一九七三年四月八日在法國去世，享壽九十二歲。

畢卡索是西班牙人，廿歲時來到法國，在法國度過大半生，雖然受到法國朝野的禮遇，但始終未歸化為法國公民，對法國人而言不無遺憾。

畢卡索在廿世紀繪畫中，佔了很重要的地位，他是最能接受和吸收古今繪畫、雕刻作品的偉大藝術家，他曾受希臘、羅馬、黑人藝術的啟示，以及塞尚、戈雅、馬諦斯等大師的影響，而消化成為自己的東西。

他是在歷史上唯一在生前享有盛名與財富的大畫家，隨便揮幾下畫筆，就可換得大量鈔票，到飯店吃飯時所簽付的支票，都被收藏家們所收藏。

這位廿世紀最享盛名的大畫家，是一位「天之驕子」，他不僅集藝術成就於一身，也享盡了世間的榮華富貴。逝世後遺產很可觀，因此發生了遺產糾紛。

畢卡索的遺產到底有多少呢？據處理他財產的律師初步估計，約有五億法郎，折合美金約一億一千萬元，合臺幣則達四十億之多，數目之大，著實驚人。可是這一數目還是保守的，尚有增加的可能。

畢卡索的遺產，在估量計算上，可分為三類，第一類是畢氏生前在銀行存款和一些購置的不動產；第二類是畢氏在法國各地區購置的房屋和別墅；第三類是畢氏遺留的畫、畫稿以及一些保存書信圖片等。畢卡索的畫和畫稿在生前已很值錢，死後價值更高。現在世界上的一般收藏家與出版家對畢氏的畫與畫稿，已予密切的注意設法收購中。

畢卡索在這一生中，曾與四個女人發生婚姻與長期同居關係。他第一任太太歐麗嘉，是西班牙人，在一九五七年去世。她與畢卡索生有一子名叫鮑妻・畢卡索，現已是結婚生子的中年人，孫子巴博里濤・畢卡索，都已成年。

畢卡索第二任太太為瓦麗黛，兩人僅有同居關係而無婚姻關係，生了一個女兒名瑪雅，現年卅八歲。

畢氏的第三任太太，名叫芳娃絲•姬洛，是法國人，亦僅有同居關係而無婚姻關係，生有一兒一女，男名柯勞德•畢卡索。女兒名巴婁瑪•畢卡索。姬洛與畢卡索在同居關係結束後，曾寫了一本名為「我與畢卡索的生活」的書，出版之後洛陽紙貴，姬洛撈了一筆錢，但因揭露了畢卡索的私生活，頗使畢氏不快，斷絕來往，而造成了對兩位兒女的疏遠。但姬洛是個很能幹的女性，她知道將來會發生遺產問題，仍在法院公證兒女是其與畢卡索所生，並冠上畢卡索姓氏。

畢卡索的第四任也是現任太太為賈桂林•侯歌，她在一九六一年與畢卡索正式結婚，畢氏晚年的生活完全由她陪伴照料，白髮紅顏，傳為佳話。

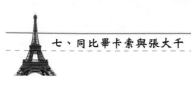

在畢卡索得病入院時，畢氏之孫巴博里濤，曾要求探視祖父之病，但為賈桂林所拒絕，巴博里濤憤而服毒自殺，幸及時送醫院急救，才脫離險境。此一自殺新聞乃轟動一時，揭開了遺產糾紛的序幕。

畢卡索是在法國去世的，根據法國法律，其現任太太賈桂林與子鮑婁•畢卡索是遺產繼承人是毫無疑問的。但是根據法國的一項新法律，私生子女如在法院取得父氏的血統證明，依法可以繼承父親之遺產。這樣一來，卅六歲的瑪雅與廿六歲的柯勞德、廿五歲的巴婁瑪都已取得法院的証明，後者並冠以畢卡索的姓氏，因此他們依法請求分畢氏之遺產。

畢卡索是西班牙人，依據西班牙法律，國民應是一夫一妻，因此歐麗嘉是其合法的妻子，在歐未死亡之前，畢氏一切的婚姻與同居關係都是無效的，不合法的。原配歐麗嘉在一九五六年去世，而畢氏與賈桂林・侯歌在一九六一年結婚，因此畢賈的婚姻在西班牙也是有效的，依法歐麗嘉之子與賈桂林均可繼承財產，而瑪雅、柯勞德與巴婁瑪均不具繼承之資格。

提起畢卡索來，不由的會想起張大千，這兩位大畫家，一西一東，相互輝映，均光芒萬丈，名顯國際。二人除了在作品上有中西之不同外，在志節、行藏、際遇、成就、性格上有很大的相同之點，尤其充滿傳奇性的一生及婚姻生活，更相像的如同翻版之複製品，好像老天刻意安排一樣，令人感覺有些不可思議。

筆者留法多年，對畢卡索的生平事蹟，得自報章雜誌不少，現用比對的方式，對二人的相同之點，特別標示出來，不但有助讀者對畢卡索與張大千的瞭解，也是逸趣橫生的藝壇佳話。

第一、兩人皆志節清高：畢卡索於一八八一年（即民國前三十年）十月二十五日生於西班牙麻六甲島，二十歲時到法國巴黎打天下，成名之後，因反對佛朗哥元帥的專制獨裁，始終未返回西班牙老家。他於一九七三年（即民國六十二年）四月八日因病去世，享年九十二歲。他在法生活達七十年，雖然受到法國朝野的禮遇和愛戴，但他始終不願歸化為法國公民，以做西班牙人為榮，足見他氣節之清高。

張大千於一八九九年（即民國前十三年）五月十九日，生於四川內江，二十五歲時赴上海打天下，四十多歲即名滿大江南北。三十八年因避赤禍，離開大陸，他於一九八三年（即民國七十二年）四月二日去世，享年八十五歲。他以三十四年的歲月，在異鄉度過，中共一再對他統戰，他熱愛自由，不受威脅，不為利誘，始終不為所動，在僑居巴西、美國時，仍過著中國式的生活，其志節之清高，也是沒得話說的。

第二、各自享譽中西、揮筆千金：畢卡索在西方是生前成名的大畫家，他在二十五歲時，已有畫商慕名購買他的畫，自此畫途得意，成為二十世紀最享盛名的畫家。他不僅集藝術成就於一身，也集榮耀與財富於一身，享盡了人世間的榮華富貴，他隨便揮幾下畫筆，就可換得大量鈔票，他到飯店吃飯所簽的支票，都被收藏家視為寶貝，不願到銀行去兌現，大畫家享譽之隆，為世所重，可見一斑。

張大千在二十五歲時，在上海「秋英會」上嶄露頭角，繼以臨摹石濤而聳動藝林，四十歲時名滿全國，他名利兼得，收入可觀，一幅「荷花圖」賣給讀者文摘創辦人華萊士夫人，竟高達十七萬美元。他在巴西建八德園，在美國舊金山建「環蓽菴」，在台北建「摩耶精舍」，均極盡美輪美奐之能事，飲食之精更是聞名，他也是享盡了人世間的榮華富貴，與畢氏相較，有過之無不及。

第三、與文人雅士關係甚好：畢卡索喜歡結交文人雅士，像詩人賈可柏，美國女作家葛琴斯坦，法國的卡繆、沙特、西蒙波娃、柯諾等都是畢氏最好的朋友，好朋友時常聚會，他的畫風及思想也深受這些文人雅士的影響。

張大千不但結交文人雅士，鴻儒名流，也結交權貴與販夫走卒，更喜歡戲劇，尤其是京戲，有文人捧角的習慣與愛好，在台北三軍京劇團鼎盛時期，他長與大鵬等梨園子弟來往，邀為精舍之佳賓。他欣賞清道人之孤傲，八大山人之憤世嫉俗，更嚮往陶淵明的隱逸與蘇東坡的灑脫，這些對他的思想與畫風也很有影響。

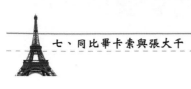

第四、不出世的天才與十項全能的畫家：畢卡索的畫風隨著他的年齡、閱歷、思想而變，他是最能接受和吸收古今繪畫、雕刻作品、而加以融會貫通的畫家，他曾受希臘、羅馬、非洲黑人藝術的啟示，以及塞尚、魏拉茲奎士、戈雅、馬蒂斯等大師的影響，而將他們的精髓，消化變為自己的東西，他對素描、雕刻、版畫無所不精、他精力旺盛，畫風演變很大，產量尤多，是一不世出的天才。

張大千的畫風隨著他的年齡閱歷而變，他先學石濤，再一步一步的上溯唐宋元明，縱橫百家，他取唐人的樸厚，宋人的法度，元明的筆墨意境，並在敦煌臨摹數年，而上下千年融會貫通。他不論山水、花鳥、蟲魚、畜獸，也不論立軸、橫披、長卷、斗方、聯屏，更不論繪畫、詩詞、古文、篆刻，莫不得心應手，雜博兼得，他是一十項全能的大畫家。

第五、在恩情與婚姻生活上，兩人更是如出一轍：畢卡索一生與四個女人發生婚姻與長期同居關係，至於露水姻緣則不在此限，他的第一任太太名歐麗嘉，是西班牙人，在一九五六年去世，他與畢卡索生有一子名叫飽妻・畢卡索。

畢氏的第二任太太為瑪麗太瑞絲・瓦麗黛，兩人僅有同居關係而無婚姻關係，生了一個女兒名叫瑪雅。

畢氏的第三任太太名叫芳娃絲・姬洛，是法國人，兩人亦僅有同居關係而無婚姻關係，生有一兒二女。

畢卡索的第四任太太為賈桂琳・侯歌，她在一九六一年與畢氏結婚當時畢氏年已八十，畢氏晚年生活完全由她陪伴照料，白髮紅顏，曾傳為佳話。

張大千亦除卻露水姻緣之外，有四位有名份的太太，他的原配夫人是曾慶蓉，名門閨秀，福泰的身形，厚實的面貌，是一標準的家庭主婦型，因係父母作主的婚姻，她一直住在成都，她為大千先生生了一個女兒。

二夫人名叫黃凝素，是一美人胚子，雲鬢花顏，纖穠適度，與大千先生生有子女十一人，喜愛方城之戲，與大千先生在感情上一度有些不能契合。

三夫人名楊宛君，本是北平城南遊藝園的鼓姬，聲音嘹亮，姿態嫵媚，大千先生量珠聘來，甚得寵愛，以上三位夫人均陷大陸，未隨伴在大千先生身邊。

四夫人是徐雯波，她本是大千女兒的同學，有心拜在大千先生的門下，在上海時期，她與大千先生之紅粉知己，出身名門的李秋君走得很近，以姐妹相稱，李秋君因不能委身大千先生，徐雯波就成了她的替身。

她與大千先生結縭之時，大千先生已是知命之年，以後隨著大千先生去巴西、美國，後陪著他回國，為摩耶精舍的女主人，徐雯波伴著大千先生度過晚年，亦有長髯紅顏之美喻。

畢卡索長大千先生十七歲，又比大千先生多活了七年，二人曾在巴黎會過面，如果當時知道有這麼多共同之點，那他們當互引為千古知己了。

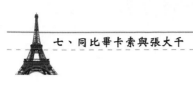

中國畫家到巴黎遊學習畫者不少，但能在巴黎出名者不多。出名者首推趙無極，以及後來的朱德群。但他們都無法與畢卡索、張大千相比。既沒有享譽之隆，也無生活上的多采多姿。畢張二人一中一西可謂千古一人。

八、敦煌文物在巴黎

法國國家圖書館，藏書甚豐，尤其東方手稿部大部份為敦煌卷子，也就是所謂的「敦煌文物寶藏」。

所謂敦煌文物，係指甘肅敦煌縣莫高窟五百佛像洞中一所密室所藏的文物。

首先發現敦煌寶藏者為王圓籙道士，時在光緒二十六年（西元一九〇〇年）陰曆四月十八日，王道士以替漢人念經維生，並邀一楊姓助手抄經，楊某喜抽皮絲煙，並以一根當地土產之薊薊草充作紙捻吹，有一天楊某將餘燼未熄之薊薊草，插於牆縫，以待再用，不想草莖陷入牆壁縫中，感覺好像是空的，楊王兩人遂發生懷疑，認為牆後當別有洞天。經過商議，乃於夜晚鑿壁而入，果然另有天地，並發現許多白布筒重重疊疊，打開布筒，每筒裝經十卷，古畫平鋪地面，數量也非常可觀。

敦煌寶藏出現，為我國之文化財產，按理應善加保護才對。不幸王道士為無知之輩，滿清政府又顢頇無能，不知為稀世之寶。因此被王道士化緣奉贈主顧者不少。外國野心人士知悉，見獵心喜，藉探險遊歷之名，威逼利誘，順手牽羊，加以剽奪者比比皆是，使我稀世寶藏遭受空前之浩劫。

首先劫走敦煌經卷畫幅者，為英人斯因坦，竊卷時每在深夜，計滿裝寫本之箱二十四件，滿裝畫繡等美術品之箱子五件，僱用駱駝四十頭，先運往印度，成立西域圖書館，後載往英國，藏於大英博物館。斯氏所選大都是卷子幡畫較完整清晰者。

繼斯氏之後，法國人伯希和亦來盜寶，專選卷末有年月、署名、題記之卷本，他竭三星期之力，方運完畢，共取得寫本十餘筐，計六千餘卷，伯希和所竊得的，就學術觀點而言，比斯氏所得的更有分量與價值。

在巴黎的國家圖書館，珍藏著法國漢學家伯希和剽掠來的敦煌寶藏，由國人左景權與吳其煜在作整理編目的工作。他們二人整理編目的方法，是用特製的長方型硬紙盒裝著，每六卷一盒，一盒內有六格，每格橫放一卷。左、吳二人在法整理我們自己的文化寶藏，內心都無限痛惜。但他們以學養肯定了他們的職位與地位，此項工作似非他二人莫屬。

左景權、吳其煜都是法國漢學權威戴密微的高足，戴密微雖為法國人，但畢生鑽研漢字，著書立說，享譽國際。蘇雪林女士研究屈原，遭遇難題，特別二次赴法向其請教，就可了解他的權威性了。

左景權與吳其煜每天都到圖書館檢閱敦煌卷子，編寫目錄，他們的大半輩子，都消磨在圖書館的敦煌文物中。

左景權先生湖南人，筆者與他相識時，年紀六十多歲，留了個山羊鬍子，架了副深度近視眼鏡。平素口銜煙斗，喜歡沉思，很有哲人的味道與派頭。他厚重不善言詞，開了腔，也是慢條斯理，咬文嚼字，而且帶著濃重的湖南口音。他引為自豪的是他的家世，他是清末名臣左宗棠的孫子。

他喜歡史記，最欣賞司馬遷，在法除翻譯史記之外，將我其他典籍翻成法文者也不少，他一直未成家娶妻，好像一生與研究工作結了白頭之盟。

吳其煜先生，不抽煙、不喝酒、好乾淨，臉上總是刮得光光亮亮的，眉毛很長，外表有點像周恩來，許多朋友都叫他「小周恩來」，筆者與他也有數面之雅。他是江蘇東台人，他的興趣非常廣泛，早年學的是外交，他崇拜胡適、陳寅恪，仰慕西方，他認為西方的民主、科學，是值得吾人學習的。在語言學方面，也特別有研究，尤其是梵文，造詣很深。他嗜書如命，非常難得。

伯希和在獲得敦煌卷子時，曾公開表示，卷子雖為法國政府所有，但學問為天地之公器，凡希望攝影謄寫者，自可照辦。但法國國家圖書館，以秘藏自珍，似未採伯氏之言。

法國剽掠的敦煌寶藏，大都以佛、道二教的經文為主，在法國的漢學家，因有第一手的有關佛、道資料，他們據此為研究的對象。故我國學者，在正統的儒家典籍的研究上，決非西方漢學家所能項背，但在佛、道的宗教研究上，西方漢學家往往有獨到的見解，在這方面有時還要向洋漢學家移樽就教，蘇雪林就是很好的例子。

無怪乎，法國漢學家和中國學者在一起討論問題時，總有格格不入之感，使漢學有了中西之分，實在是一莫大的諷刺。

第二輯

早期留法的潮起潮落

一、林林總總話留法

法國以現代人的眼光來看，無論文化、藝術、教育、科技，都是水準很高的國家。巴黎更是人文薈萃的藝術之都；但是，在滿清末造之時，國人對法國似乎沒有什麼好印象，往往視巴黎為風月之都，尤其發起公車上書，演變成戊戌政變的康有為康南海先生，對法國更有偏見，他認為以法國婦女的模樣與裝束來看，無一不與娼優同流。由於國人的思想保守，加以對法國無從瞭解，因此在清末沒有人赴法留學，就連前往經商的，亦鳳毛麟角。

根據留法前輩李書華在其著作《碣廬集》中記載，最早赴法留學的學生，應為馬建中，他是馬氏文通著作者馬相伯之弟，於光緒四年（一八七八年）以郎中職位派赴駐法使館留學，習政治、法律。再就是李石曾與張靜江先生，他二人於光緒二十八年（一九〇二年），隨駐法公使孫寶琦前往法國，李氏學的是生物。

李氏到法國留學之後，發覺法國民族性和我國甚為近似，連其社會文化學術思想，也無不與我國相近，法蘭西的立國精神：平等、博愛、自由，更值得我國人學習。於是回國後，提倡中法文化交流，鼓勵國內青年赴法學習，並聯合中法人士組織華法教育會，辦理中法教育事業，如留法預備學校等，使留法之路得以開啟暢通。

李書華先生是於民國元年赴法留學的，同行的有留法預備學校第一、二班學生三十餘人，知名的有李宗侗、汪申、何魯等人。在他們赴法之前，留法的已有錢泰、褚民誼等人，但留學生不多。

民國二年夏間，二次革命失敗，國民黨人士到歐者不少；蔡元培偕公子無忌、柏林、女公子威廉等赴法。汪精衛也與夫人陳璧君帶同曾仲鳴、曾醒姐弟、方君璧、方君瑛姐妹來法，曾仲鳴與方家姐妹是來留學的，使留法的學生人數漸有增加。

留法人數最多的時期是民國八年至十年，國內青年響應李石曾、吳稚暉先生發起的勤工儉學，懷著希望與理想而來法學習。

第一批勤工儉學的學生約九十人，於民國八年五月到巴黎，以後每個月均有勤工儉學學生到法，每次少者數十人，多者達百人，民國八年到法的共有七百餘人，民國九年到達的則達一千二百人之多，二年之間達到二千多人，這是我國留法最鼎盛時期。

民國十年里昂中法學院成立，國內來的留學生入學註冊，學校提供食宿及語文進修。語文程度達到標準者，可到里昂以外的各大學就讀，學生最多達到一百八十多人。在第二次世界大戰期間，校舍一度被納粹德國所佔，戰後收回，延至民國三十六年因經費無著而停辦。二十多年間，學生人數平均在八十至一百二十人左右，對我留法學生貢獻良多。

中法學院停辦之後，國內戰爭連連；自三十八年政府播遷來台，以至法國承認中共，中法斷絕邦交的這一期間，前往法國留學的學生不多，乃當時環境使然。

中法斷交之後，政府在復興基地台灣，勵精圖治、經濟起飛、教育普及，前往法國留學者漸多，當時赴法留學，法國神父傅承烈及蘇德能居任橋樑，提供了不少服務，二人熱心安排照顧留法學生的事蹟，至今仍為老留法學生所樂道。

民國六十九年左右，中法實質關係改善，法國政府在台北市成立科技中心，我留法學生赴法留學有了正式的管道，但除了少數享有政府公費或機關補助外，取得法國大學獎學金至難，留學者多屬自費。

我留學生赴法留學，若從馬建中算起，迄今已有一百三十多年的歷史；若從李石曾算起，也有一百零六年；若從第一批儉學留學生算起，也已達九十多了。在長達一個世紀的歲月中，筆者試著把它分為三個時期；第一個時期從民前到民國二十年。這一時期的特色是國內政治紊亂，軍閥割據，教育不發達，但各方均有培育人才、吸收西洋知識之共識，這時留法學生除了勤工儉學的一批之外，大多享有公費，他們的背景約略可分為三種：一、對革命有貢獻者或功勳子弟，含有政府酬庸性質，送其等往法國留學。二、是中央及各省各大學選派傑出之士，赴法留學，為國育才；三、是富有之家子弟，在國內學有所成者，再送其出國深造，經濟由家中支援。這三種學生學成之後，多返國投入政經學術界，均貢獻所學，獲得成就。至於勤工儉學者，人數甚多，有些亦獲得

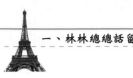

公費或其他之支援，後來有的被遣返，有的轉赴蘇俄，學雖無所成，但在共產黨內都成了領導階層人物。

在這一時期，留法學生的成就最大，在全國知名的代表人物略有：褚民誼、曾仲鳴、鄭毓秀、魏道明、王世杰、謝冠生、張道藩、鄭彥棻、阮毅成、陳寅恪、李玄伯、李書華、任卓宣、周鯁生、汪申、蘇雪林、黎東方、徐悲鴻等。屬於青年黨的有：曾琦、李璜、李不韙、張子柱、胡國偉、何魯之等。屬於共產黨的有：周恩來、鄧小平、陳毅、聶榮臻、李維漢、李立三、李富春、徐特立、蔡和森、蔡暢等。

第二個時期是從民國廿年到民國五十年，這一時期的特色是國內完成北伐統一全國，接著是對日抗戰與中共內亂，時勢極度不安，留法學生人數不多，前往留學者多屬公費派遣或獎學金名額，不然即屬自費，本期學成而知名者有：馮耀曾、芮正皋、丁懋時等人，大多在外交界嶄露頭角，為大使級人物。

第三個時期是自民國五十年至七十年，這一時期的特色是中法邦交中斷，國內教育普及，青年學生熱衷赴國外留學，學生赴法留學者亦多，除少部份獲得國家公費外，大多自費，半工半讀而學有所成。

在這一時期學有所成，而獲知名者有：曾任教育部長的郭為藩、救國團主任李鍾桂、歷史家陳三井、前陸工會副主任蕭行易，及在外交界表現傑出的杜筑生、貢宗才、黃秀日等，在各大學任教的張麟徵、賴金男、朱自力、張日銘、李牧、邱大環、朱諶、李平子等人。

以上的分期，僅是筆者主觀的見解，分的是不是恰當、如何去分期，最好由治史者去分析研究，同時各期知名人物的列舉中，也以知名度與筆者所知為準，自然也不夠周延。

在第一期人物中，第一位留法學生馬建中，知名度不高，李石曾、張靜江、吳敬恆、蔡元培先生，他們是留法勤工儉學的倡導者，是中法文化交流的掌旗者，他們一生勳業昭著，故未將他們列入，其他未列舉而極有成就，對國家貢獻卓越者，為數亦當甚多。

第二期留法人物中，筆者列舉甚少，因為在這一期中，有八年抗戰，接著內戰，留法前輩在法學有所成，可能基於國內外情勢，未返國服務，而在法國或其他地區求發展，他們在國外獲得成就，但在國內的知名度則不太高，如在法教書傳播中華文化的張馥蕊、吳本中，以及在法國國家科學院研究敦煌文化的吳其煜、左景權先生均是。

我留學生留法已長達一世紀，一世紀是一漫長的歲月，再加以時代脈博不停的跳動，歷史的腳步奔跑不息，留法學生在法國的留學生活，因與時代息息相關，所以今昔之間，已有很大的不同。

在民國三十六年中法學院停辦前的留法學生，除了勤工儉學的兩千多人之外，大多係各省市或各大學選送來法深造的優秀人才，享有充份的公費，不然，則出於經濟富裕之家，有充份留學費用的接濟，他們在法留學，無經濟上的壓力，於讀書進修之餘，尚有餘力到歐洲各地遊山玩水，瞭解歐洲各國的政治體制與風俗人情。在法國除能親炙名師之傳習外，亦能充份吸收法國的文化、藝術，甚至可以追逐一下聲色，為留學生活留下多彩的記憶。同學之間也可經常聚會，研討學術，評論政治，甚至可以組織像天狗會一樣的怡情團體，他們的留法生活不但多彩多姿，同時在學業上也大多獲得令人欽羡的成就。

在中法斷交以後，赴法留學的學生，大部份是自費留學，當時國內經濟尚未蓬勃發展，國民收入不高，一個普通家庭將子女送往法國留學，負擔所有費用而有能力者不多，因而多採半工半讀的方式。

筆者於民國五十九年赴法留學，我留學生當時有六百多人，法文能力好能入學註冊的，可以申請住大學城，吃在大學餐堂，雖然便宜，但生活費以當時法郎幣值與台幣換算，也是一筆大負擔。法文程度不夠者，要先修法文，吃住自行處理，「巴黎居大不易」，吃住就是一項頗為吃重的開銷，不要說再負擔補習費以及交通費用了。法國幅員不大。人口雖不眾多，但國民追求享受，而致外籍勞工充斥，法國政府為保障國民就業機會，限制留學生打工，做工者要申請工作證，不然就是違法，因此，留學生在法國工廠、商店打工的機會幾乎沒有，幸虧華僑在法經營固有行業，再加中國餐廳在巴黎打開了市場，新店紛紛開張，為留學生營造了不少打工機會。

當時留法學生打工的機會略分三種：第一種是在家具工廠工作，有部份華僑在法生產仿古的中式桌椅，古色古香，很受法國人歡迎，這種桌椅製做過程繁複，在完成木工之後，先用沙紙將表面磨平，打上石膏，石膏乾了之後，再將石膏面磨平，最後加以彩繪、油漆，方為上市成品，留學生打這種工，僅限於磨平，行話叫「磨灰」，不但要技巧，因木塵與石膏灰四起，也不太衛生，工作可以件數及時間計酬。

第二種是做小皮包，華僑經營此業者，通常到大工廠免費或低價收集裁剩的廢零皮革，然後予以加工做成存放硬幣的小皮包，在法國很有市場，因係廢物利用，成本很低，經營者不少，留學生打此工僅限於劃樣割皮，技術雖要有，學會不難，工資可以計時或計件支付。

第三種則是在中國餐廳打工，做跑堂或洗碗的工作，做跑堂的除了招呼客人點菜、送菜及其他一切服務之外，還要做拖地清掃等雜工。洗碗工作更累，除了洗碗之外，還要做搬菜洗菜等雜工，在廚房職位最低，猶如入伍訓練的二等兵，要聽從老闆、大廚師、二廚師以至三廚師的使喚，而且階級分明，一個口令一個動作，合理的是訓練，不合理的是磨練，沒有爭辯的餘地，留學生打這種工的頗多，因為工資不差。

上述三種打工的機會，限於體力男生從事者較多，女生大多擔任會計，及為人看護小孩的工作。為了讀書，為了減輕家庭負擔，留學生不分男女都放下身段，在課餘之暇打工，因為賺錢不易，大多節省用錢，用功讀書；真正實現了李石曾、吳稚暉先生所提倡的「勤工儉學」理想，這一時期的留學生大部份學有所成，返國服務，為國家貢獻力量。

台灣在七十年代經濟起飛，金錢淹腳目，留法學生打工據說已不多見，若要再為留法分期的話，這應該是第四期的留法學生了。

有關「林林總總話留法」是簡述留法的歷史，係從清末到民國六十五年筆者留法的這一期間，橫跨了兩個世紀，我的同學徐廣存，對這一段歷史或軼聞趣話知道不少，談起來滔滔不絕，引經據典；我們相識的朋友都稱他為留法史專家，本篇係根據他當年談話時所提供的論點。至於分期，以留法人數的盛衰為基礎，以我國與法國當時的社會環境，國際的局勢與戰爭等因素加進去來劃分，他認為這是很合理的，但也是見仁見智的。

二、留法勤工儉學的發展與風潮

勤工儉學不但在留法史上佔重要的一頁，在我對外留學史上也有其地位。因為它是當時名人李石曾與吳稚暉先生所提倡的，從民國初年醞釀，到民國九、十年達到高潮。錢直向老先生是高陽人，跟隨李石曾先生來法國，他談到勤工儉學的這一段歷史，從頭到尾他都親身歷經，知之甚詳，所說的當然不會失真，不過他很為李石曾、吳稚暉兩先生叫屈，一樁極為美好的事，因為份子太複雜，一些客觀環境又無法操之在我，發生事端，受到批評，實在是好心沒得到好報。以後對我國內思想政治發生重大影響，則是李、吳二位先進，始料未及的，他不願談論什麼功過，因為這是見仁見智的。

站在錢先生的立場，他的論點自不會有所偏頗，不過我有疑問問他說：「近年來我們台灣的留學生，大多數沒有錢，靠打工維持生活，這不是勤工儉學嗎？為什麼現在很成功，那時會失敗呢？」

錢先生說：「沒有人敢說當時的勤工儉學失敗，只是發生了很多糾紛而已，那時我們中國人來法國的很少，根本沒有做生意的，沒有生意哪來做工的機會，現在中國餐館有多少，木工工廠也很多，打工的機會多了嘛！那時候第一次世界大戰結束不久，法國人工缺乏，來的學生到了法國工廠做工，語言不通，當然很不習慣，何況當時來的學生目的與身份都不同呢？」

錢先生說的不錯，我對勤工儉學或許知道的只是道聽途說，不夠詳實，就請錢先生把全部經過，他所見所知的講述一下，我有幸有這種機遇。

錢先生的說法是這樣的：

由留法儉學到勤工儉學，是李石曾與吳稚暉先生，在民國初年鼓吹推動的一項運動，由民國元年發軔，民國八年至九年達到高潮，民國十年二月收場，歷時十年，是我留學生留法史上的一件大事。

李石曾本名煜瀛，河北高陽人，出身顯貴，是清末李相國鴻藻之幼子。早年科舉求功名不成，於是隨駐法公使孫寶琦赴法國留學，學的是生物。由於是在法國留學，吸收新知識，並受法國先哲新思潮之洗禮，深感國人出國留學之必要，因此大力倡導推動國人留法運動。

吳稚暉先生本名朓，後來改名敬恆字稚暉，江蘇武進人，早年留日，加入革命，蘇報案發生後，赴日與李石曾相處，二人理念相同，目標一致，在法乃作儉學的親身體驗，為推動留法儉學暖身。

李、吳二氏以在法的理念與體驗，返國後即大力倡議留法儉學，並進一步提倡「移家就學」，認為一家移到法國，男女老幼各有所適，耳濡目染，潛移默化，才能學到西歐的長處，將來舉家返國，才能改進中國社會不合理的制度，進而改造國家。

李、吳二氏為推動此一理想，於民國元年組織「華法教育會」、「留法儉學會」，期以最低的留學費用，使青年學生有留法之機會，並設法文預備學校於北京方家胡同順天高等學堂舊址，聘請法國人教授法文，以為留法之先修。

這一法文預備學校，前後辦了三班，第一、二班合併約三十餘人，於民國元年赴法，其中知名者有李書華、李宗侗、汪申等人，第二班多為四川人，二次革命後，校地發生糾紛，由當時政府收回，學生除少數併入一班外，其餘紛紛退學，第三班亦復如此，學校因之停辦。

民國元年第一批赴法儉學的人，由於人數不多，並有留學生之充份準備，所謂準備是指法文，已有很好的基礎而言，同時學生或享有公費，或符合華法教育會每年能出六百大洋學雜費的條件，這些人將六百大洋留學費用，帶往法國或由家人按期接濟均可，他們赴法後，既無學習上的困難，也無生活費用匱乏之虞，自可安心讀書，學有所成，為當然之事，這一批儉學學生，可以學物理之李書華、數學之何魯之、學社會學之李璜為代表。

留法儉學的推動，既有成效，為李、吳二氏帶來不少鼓舞與信心，後來因歐戰發生，法國兵士傷亡日眾，社會壯丁短缺，法國各生產機構，需人孔急，有向我招募工人之議，李、吳二氏認為機會難得，乃發起留法「勤工儉學」以「勤於工作、儉以求學，以增進勞動者之知識」為宗旨，經過大力鼓吹推動，形成一股大的浪潮，各地青年紛紛響應。

第一批勤工儉學學生，約九十餘人，於民國八年五月到達巴黎，以後每個月均有學生到法，每次多者百人，少者十餘人，根據統計民國八年到法者有七百餘人，民國九年到法者一千二百餘人，最後一批到法者為民國十年二月，以後基於學生情勢混亂，而法國經濟又不景氣，未再續辦；自民國八年至十年二月，以勤工儉學名義先後到法者約二千餘人，真是極一時之盛。

勤工儉學的學生到法後，華法教育會設學生事務部，以劉大悲為主任，並將該部遷到巴黎近郊的華僑協社，為學生解決住的問題，以及讀書與工作的問題，這些都是極其繁瑣而不討好的工作，更何況學生為數眾多呢！

這一勤工儉學運動，為國內青年留法，大開了方便之門，學歷既不嚴格要求，經濟情況也不予細察，一個學生如能籌得大洋一百元的四等艙旅費便可赴法。據統計在赴法的二千多名學生中，四川人最多，有五百多人，湖南省四百多人，廣東省九十多人，山西省二十多人，其他山東、河北、河南也不少，這些人法文大多沒有基礎，經濟狀況也不佳，最糟的是學不能儉，工也不能勤；原因是我國二千年來的傳統風尚，知識份子大多數不習於勞動為活，因此他們不但在體力上不能支持，在心理上也以勞動為恥，往往做一很短時間的工，就辭工不做了，這樣如何能賺取學費呢？再以工作性質來說，工廠的機械操作或機械管理的工作較輕鬆，但他們的能力不夠，不能勝任，只能做一些耗損體力的粗工，但是粗工又做不來。就以周恩來為例，他在民國八年秋，被送入雷諾汽車廠做工，只做了三個月，便跑回巴黎城，見人就說吃不消，認為是非人的生活，周恩來在當時體力算是不錯的，還做不來，其他的就可想而知了。

對他們而言，是為勤工儉學而來，在法書既不能讀，工又不能做，經濟亦無來源，這不能不怪他們來法的盲動與天真。一般來法國求學，如法文沒相當基礎，無論如何是無法入學讀書的，現學法文，學到能上課，能聽得懂，能看得懂，手能寫，嘴能說，豈是一朝一夕所能達到的境界，何況法文又是世界上最難學的文字之一呢！因此一般勤工儉學的學生，能到大學中註冊上課的少之又少。

一個學生置身國外，不能工作，不能入學，生活又發生問題，必然惹事生非，何況人數又多，份子又頗複雜呢？因此，他們常向公使館吵鬧，包圍李、吳二人想辦法，使這兩位有崇高理想的教育家一時焦頭爛額。還好的是李、吳二人有足夠的聲望，迭次呼籲，再加張靜江先生的大力協助，雖然北洋政府沒有回應，但幾個省份卻有了濟助的行動與結果。廣東省學生由該省每月給予一百大洋的生活費，至畢業為止，該省有留法學生九十多人，生活有了著落。北方的山西、山東、河北、河南四省的學生，由張靜江先生以北方名宿，威望疏通，由各省當局發給公費，為數近兩百名，生活無虞。尤其山西省閻錫山還派監督一人來法，嚴格管理，由此可見他對留法學生的重視。江蘇、浙江省的學生多數獲得公費與家庭接濟。最難能可貴的是多金好客的于格勒魯夫人，在鄭毓秀女士的交情及請求下，對留法的卅多位女生，每人每月補助三百法郎，按期由鄭毓秀發給，這一義舉，真可謂雪中送炭，令人欽敬。

留法勤工儉學的學生，以四川、湖南兩省最多，這兩省因軍閥割據，胡作非為，各爭勢力，他們哪裡會理會這些學生的死活；這兩省學生除了少數由家庭救濟外，都無法享有公費，生活也一直無法解決，這些人在法生活困難，進退兩難，內心的憤慨與苦悶是可想而知的。這時蘇聯第三國際共產黨就有機可乘了，原來就是共產黨的如陳延年、周恩來、趙世炎、蔡和森、李立三、李維漢、陳毅、鄧小平、蔡暢、向警予等，趁機發展組織，凡參加他們組織的，由第三國際提供經費，發給津貼，因此這些省的學生，很多加入了共產黨組織，大鬧公使館及強佔里昂中法大學，都是這些共產黨人鼓動而幹的，且為數頗眾。在強佔中法學院這一事件中，共產份子因不妥協，遭受強制遣返的有七十幾人，其中包括：蔡和森、李維漢、李立三、向警予、陳毅等人，這些人回到國內都成了中國共產黨的幹部。至於留在法國的周恩來、鄧小平、陳延年等更趁機發展組織，成立旅歐支部，與莫斯科及國內陳獨秀、毛澤東等相呼應。種下了三十八年共產黨佔領大陸，河山變色之後果，在共產黨的頭目中，四川及湖南人最多，即是很有力的證明。

總結一句話，留法勤工儉學的立意及精神都是很好的，學生無法拋棄士大夫的觀念包袱，讀書的程度既不夠，政府與家庭的支援又不來，再加上共產黨的興風作浪，有計劃的發展組織，而成了共產黨發展的溫床，這是吳、李二氏當初所料想不到的，「有意種花花不發，無意插柳柳成蔭」，誠然是件無奈的事。

由以後共產黨的取得政權，來檢討留法的勤工儉學的功過是不公平的，因為它也為國家造就了不少人才，因此勤工儉學對國家的正負得失孰重，只有等待歷史來加以評定了。

三、里昂中法學院的創設始末

民國十年在里昂的中法學院的成立，也是留法史上的一件大事，我特別請教盛成老教授及朱伯奇先生，請兩人講述中法學院創設的經過，如下所述：

李石曾、吳稚暉二位先進，在倡導留法勤工儉學上蔚然成風之後，兩年之間有二千多學生來法，人數眾多，發生了許多意想不到的問題。他們在經過仔細考量評估後，獲得結論，認為當時之儉學會，給予留法學生之幫助，只是一些學業上的指導，和生活上的方便，並無集體儉學的辦法。同時，一般勤工儉學的學生，僅憑其工作收入積蓄，以應付學費需要，影響學業事屬必然，這樣恐怕曠日費時，難有所成，必須有一補救辦法；因此決心創辦中法學院。他就商於法國友人，馬上就得到鼓勵，曾任法國內閣總理及法國激進社會黨領袖之赫里歐氏，時為里昂市市長，即倡議撥該市半山廢棄不用之雄偉營房，及附屬堡壘曠地，作了校舍。校舍既有著落，乃邀請褚民誼負責修繕及佈置工作，他則回國籌措經費。結果中法兩國教育部每年津貼十七萬五千法郎；廣東省政府四十二萬法郎，北京大學、中山大學等校也按年補助若干費用，但以派遣各該校畢業生到中法學院研究為條件。民國十年秋間，校舍佈置就緒，由吳稚暉先生擔任校長，當時吳氏又在國內招收一部份自費生，每年只收學膳費國幣兩百元。

中法學院名義上雖為私人創辦，但實際上無異為中法兩國會辦之學府，設有董事會主理其事，董事人數中法各半，董事長亦是中法各一人。

該校雖名為中法學院，實際上不過是一宿舍。蓋學生只是共同起居於此，飲食於此，作息於此。白天受課於法國里昂各大學院，或各專科學校。倘里昂各大專學校無學生所學科系，可去外埠學校就讀，一切費用皆由該校負擔。通常已在大學畢業，入研究院準備博士論文者，為期二年或者三年，亦有學校負擔費用。讀大學者，以學分計，到專科學校上課者，以年級計，生活自由，不受限制。但每屆學期終了，成績考試不及格，或不能達到所訂標準者，即有被該校剔除之危險。故所有學生大都專心向學，並學有專攻。

中法學院校址廣大，房舍寬敞，坐落山頂，景物宜人，車馬不喧，一切設備尚稱周全。學生們在物質的享受上，更為當時國內學校所不能比，可以說是求學佳境。校中設有圖書館，中西圖書及報章應有盡有；並設有法文班，以備初到學生補習之用。此外設有各種學術演講會，由當地學術名家擔任，校長吳稚暉即為主講人之一。最妙的是學校有時舉辦花柳病之鑒別及預防之講座，由當時里昂醫科大學泌尿科教授主講，全係對一般青年之老大學生現身說法，提醒防治。據說大家都樂於有此一講，除女學生外，男生無不踴躍參加。

中法學院在開辦之初，由於經費短絀，未能全部收錄，留法學生僅限於已在儉學及勤工儉學有案之學生。而所有的學生中又分公費生、私費生及免費生三種。公費生係指北京大學、中山大學挑選之畢業生，到該校進修者而言。私費生則是在國內招收之學生，全年費用，只繳納國幣二百元而已。免費生則為在法求學有案之儉學學生。當時在法儉學學生，人數並不多，勤工儉學學生雖多，但未具備入學條件。這時勤工儉學的學生中，有很多是共產黨人，他們眼見中法學院成立，趁校舍佈置甫就，吳校長率領學生尚未到達之前，秘密發動黨人，煽動其他少數勤工儉學學生，從法國各地集中里昂，有百數十人，佔據了中法學院，自稱學生，無理取鬧。

法國雖為高度民主國家，但其人民及外籍人士絕不可在法國胡作非為，無法無天。共黨學生此種行為，顯然觸犯了法紀。這時招致地方治安當局的干涉，派了大隊警察加以包圍，至此一些盲從學生即行退出，警方亦不加追究。不料共黨學生頑抗不去，且發傳單，攻擊法國為帝國主義，壓迫弱小學生，呼籲法學界聲援響應。法國治安當局至此只好將之驅逐出境，但人數眾多，又屬無業，究竟遞解何處？任何國家均不表歡迎。法國當局只好自嘆晦氣，暫掏腰包買好船票將他們遞解回國。當時解送者有八十三人，但有一部份於中途溜走，而共黨份子全體返國，旋加入陳獨秀、李大釗所領導的共產黨，以後都成了共產黨的得力幹部，埋下國內內戰的種子，成為燎原的火星。

中法學院的自費生，在校一年之後，也鬧風潮，抗不繳費，學校也予容忍，無形中均成為免費學生。故此以後未再在國內招生私費生，該校學生最多時期為一百八十餘名，年復一年，新陳代謝，有新入學者，有學成歸國者，學校經常保持在百名左右的學生。

中法學院之設立，亦為國際所重，一次日內瓦國際聯盟大會後，各國代表聯袂繞道到該校參觀。當時日本代表親眼看到。大為吃醋。妒嫉之色形於表情和言談之中。此種國民外交影響所及，非我國駐外人員所能企及。

里昂中法學院創辦後，首任校長為吳稚暉先生，褚民誼為副校長，曾仲鳴為秘書長，後吳氏返國，褚民誼辭職赴斯塔斯堡大學修讀醫學博士，曾仲鳴也於不久隨汪精衛返國，乃另任劉大悲以秘書長職務代理校長，主持校務。劉大悲辭職後，分由孫佩蒼、彭志雲、宗真甫等人先後接任。第二次世界大戰時，由蕭子昇維持校務。納粹德國佔領里昂之後，將大學校舍改為軍用醫院，無形體解。大戰結束後予以收回，至民國三十六年因經費無著而停辦，里昂中法學院自成立到停辦歷時二十六年。

四、吳稚暉與中法學院

談到里昂中法學院，吳稚暉先生當然是催生者與主事者，他主持中法學院耗盡心力，周旋董事會與學生之間，吃力不討好，但他修養好，幽默風趣，有許多軼聞趣事流傳下來，朱伯奇老先生每談到吳老先生，就滔滔不絕、眉飛色舞、表情生動，在座的人均聽得津津有味，笑聲不斷，現在就將朱老先生等所講的有關吳稚暉先生在中法學院的軼事趣聞紀錄於後：

民國十年的夏天，吳氏由上海親率里昂中法學院學生數十名，乘航輪赴法。這些學生均未出過遠門、見過世面，吳氏特別講習西洋禮儀及如何應對，如何在用餐時使用刀叉，同時在用湯匙時不要出聲，甚至連大小便之微，都苦口婆心的指點。而學生們坐三等艙，吃的是西餐，有些學生不習慣，牢騷滿腹，吳氏溫言相勸，有的學生暈船，則時時照顧。待學生之厚，雖父母亦不過如此。蓋吳氏亦瞭解學生離鄉背井，心理殊不平衡，豈忍責怪之。

吳稚暉先生生性儉樸，素不講究衣著，且有些不修邊幅。但率領學生抵達里昂之日，竟全副西裝，雖不筆挺，但衣帽鞋襪，無一不白色，唯此一西裝放於箱底太久，已有斑斑轉黃之痕跡，問之則為其當年留歐舊物，有必要時才拿出來穿用。此一在吳氏眼中的出客大禮服，在法國人眼中，則未免寒酸之至。以吳氏的地位身份，做十套應時西裝亦是易事，但吳氏認為衣著不必講究，但求合乎禮儀則可。

吳稚老率學生抵達里昂，中法學院董事會秘書長古恆亦到火車站迎接。他不認識吳稚老，認為他是國內派遣照料學生的聽差者，見了吳氏慢不為禮，後經人介紹，方知此一糟老頭、鄉巴佬乃中法學院校長，始向前與之握手寒喧，但雙方所留的印象都不甚佳。

吳稚老在國內招收一部份自費生，每年僅收生活費及學費國幣兩百元，原意是為學校初創，基礎未固，採收低廉費用，對學生負擔不重，尚可預留在國內籌募基金的藉口，可謂用心良苦。不料這批自費生到校不久，則提出平等要求，要比照其他免費生，拒不繳學費，最後竟把吳稚老禁閉房中，逼他答應，吳氏有苦說不出，只有聽任他們不繳學費了。年輕學生自私自利，蠻不講道理，令稚老頗為痛心。

中法學院董事會法籍秘書長古恆，是一位很勢利的政客，早年在中國做過領事，認識一點漢字，返國後竟冒充漢學家，而任里昂大學之漢學教授，因而又任中法學院董事會秘書長；此人漢字不通又不明事理，喜歡干涉校政，學生奔走其門路者，則委託打小報告，作為情報來源，常將校政措施瑣瑣碎碎或與事實不符者，均當面向吳氏反應，很有太上皇的味道。吳氏對這位品味不高的法國人，有時予以應付，有時一笑置之，在做人的修養上著實令人欽敬。

稚老對學生從不故做姿態，擺出道貌岸然的老師架子，飲食男女之大欲，亦在談論之列，而不會稍有忌諱。據說者有一日黃昏，被一群學生圍堵於校院中，有一學生以稚老似不近女色，乃設詞探秘，並詢及男人性事終結年齡，稚老會意，乃口若懸河，滔滔不休的把男女關係，中西秘聞說得令人絕倒，但終語不及私，該生目的雖未達到，但聞所未聞，等於上了一課。稚老對尷尬局面，總是能從容的化解。

吳氏愛吃零食，其衣袋中常儲滿花生、板栗之類的食物，每當黃昏，常見其站在院中，口中大嚼不已；毫不扳起面孔，昂首闊步，端出校長的架子。他是那麼平民化，是那麼自然而不虛假。

他所推動的勤工儉學，問題當前，而中法學院又由於經費拮据，辦得未如理想，稚老深感失望，並因未獲各方深諒，乃於民國十二年辭職回國，並發表了「自訃」一文，以示昨死今生之決意。這一自訃文是這樣的：「寒門不幸，害及自身，吳稚暉府君，痛於中華民國十二年一月卅一日疾終於北京，因屍身難得潰爛，權殯於空氣之中，特此訃聞。新鮮活死人吳敬恆泣血稽顙。」這一自訃聞傳誦一時，表面上玩世不恭，實際上有積極的意義在。

吳稚老返國後，由於是黨國元老，關係多，尤為當道所重，勤工儉學的學生回國後，時常找他介紹工作，稚老是一平易念舊的長者，在可能範圍內，為留法回國學生解決了不少問題。

吳稚老一生不做官，提倡教育，勤工儉學與里昂中法學院，僅是他一生教育志業中的一個小環節而已。

我未到法國之前，也曾聽人提過所謂的中法學院或中法大學，我一直認為是一所廣設院系，設備良好的大學，在聽了盛成老教授的詳述，以及朱伯奇老先生的描繪後，始恍然大悟，那根本談不上什麼大學或者學院，只不過是一個學舍而已。學生法文好的到法國大學註冊上課，回到這裡自習住宿，不好的在此補習法文，說他是一個大的補習學校，也有幾分相像。不過在那時期能有這種構想，能與法國合作創立，也是極為不簡單的事，這份苦心苦差事，也只有像吳稚老這樣的教育家，才願意去做。他只有一個單純的想法，就是為了國家培植人才，為留學生解決問題。盛成老教授一向自視甚高，對現代有名的人物很看不起，批評得有些嚴苛，但他對吳稚暉先生非常敬佩，他說：「吳稚老一生不做官，做了一些不合俗流的大事，寫文章喜怒笑罵，把毀譽全不放在心上，是一位思想家與社會改革者」。

朱伯奇老先生對吳稚暉的評價，則是：「吳稚暉先生為黨國元老，學問道德久為士林所景仰。在人慾橫流，斯文掃地的今日，他特立獨行，是一位從不動搖準則的完人。

他不僅好讀書，線裝書讀得多而通，而尤以提倡西洋科學，不僅從事革命，功在黨國，且推動社會改革。他一字一文，皆為學問，嘻笑怒罵，亦成文章，誠為博古通今之思想家。」

我曾到里昂去尋找中法學院的遺址，沒有人嚮導，向人詢問也不得要領，滄海桑田，中法大學已成一歷史名詞，連談論它的人也不多了。

五、早期留法學生與無政府主義

我出生也晚，對學術除了新聞外，沒有什麼專攻，談到無政府主義，我對這一名詞都很陌生，不要說去深入瞭解了。在與吳本中老師閒談中，他說無政府主義是早期留法學生的思想主流，經他細細的解釋、舉例說明，我才有粗略瞭解，它可以說是我國道家崇尚自然的遺緒，也是一個長期被壓迫的國家，一個政治混亂的國家，一些有識之士表達失望的消極反應，像一陣時尚，一陣風潮，來得快去得也快。就像現在還有誰去談馬克斯主義、列寧主義、甚至共產主義！連資本主義都很少談了。

無論如何在早期留法學生的思想上，無政府主義最受重視，後來有共產主義與國家主義的興起，也就不足為奇了。

吳本中老師的講述無政府主義，使我上了重要的一課，他對我所談的無政府主義思潮，我感到很陌生，但很感興趣，我想許多人士也都會與我有所同感，現就把吳本中教授的觀點與談話，特錄於後：

在民國十年左右，勤工儉學學生未到法國之前，法國留學生界尚沒有中國共產黨這一名詞，但，所謂無政府主義倒很流行。

在當時抱此主義、有此信仰的約百餘人，他們抱此主義，而無行動，更無組織，只是臭味相投，過從較多，無形中成為一派而已。

此一主義在民初前後，在國內已孕育胚胎。廣東劉師復倡導最力，有民聲雜誌刊行於世，以為宣揚。勤工儉學最盛時期，此一主義亦為之一盛，談此主義的人，亦隨之增加，更有不少盲從者，以信仰此一主義為時髦，猶如前十幾年前，所謂「嘻痞」在美國青年中流行一般，不久也就隨風而散了。

在法國信仰無政府主義的早期留學生，他們有衝破藩籬，昂首天外的想法。以半工半讀、手腦並用為持己立身之道。以各盡所能、各取所需為對社會人群之態度。再加上法國本身，在學術上、政治上、生活上均瀰漫自由之空氣，更有助此一思想之蔓延。故日後一般留學生，在國人眼光中，不如留英學生紳士，留美學生之派頭，留德學生之嚴肅樸實，而有一種毫不在乎之吊兒郎當，玩世不恭的味道。因此留法學生在政治界獲得發展者少之又少。

當時，信仰無政府主義的留法學生，多廢棄其姓氏而不用，如華林原姓林名聲，而改以華林，有中華一林之寓意。中國人有行不改名，坐不改姓之傳統觀念，姓名為父母長輩所起，並有輩份排行，人皆重視，如任意改名換姓，有對不起祖先之意思。無政府主義者，則在衝破此一觀念之藩籬，認姓名乃一符號而已，因此竟有人以「無名」為名，真是有些走火入魔了。

信仰無政府主義者，需要做工，多選擇農場一類的生產工作，間有投入鐵工機械廠，發現與製造軍火有關者，即中途退出，人問其故？則說：「製造殺人利器，雖餓死亦不為！」讀書多選擇文理、農藝、美術、自然科學一類，對法科則不屑，認為法律乃桎梏人們之學科，學而無益。其見解行為如此，很少能受人影響而改變，信仰之堅，猶如邪教信徒信仰邪教一樣，這些人返國後，多從事文藝、農林，及教育文化、建設工作，混跡於黨政者絕少。

在早期留法學生中，有此信仰而著名者，有丁肇青、李卓吾、畢修爵、陳延年、陳喬年、李鶴齡等。其中陳延年、陳喬年為兄弟，安徽人，老共黨陳獨秀之子。民國八年相偕到法勤工儉學，陳延年黑壯結實、精神飽滿、溫文儒雅、談笑風生，喬年則沉默寡言、溫良恭順，兩兄弟相親相愛，平常讀物，多為托爾斯泰、克魯泡特金之一類作品，相交之同學，亦多為無政府主義者。二人有時到工廠做工，以工資收入，維持生活，各盡所能、各取所需，對無政府主義之條件，真是拳拳服膺，身體力行。他們有時與其父陳獨秀通信，像法國人一樣，逕稱獨秀，不稱父親大人，陳獨秀亦不為忤。其兄弟兩人返國後，在民國十六年國民黨清黨時，陳延年因做了共產黨被捕殺身。陳喬年後來也糊糊塗塗為共產黨而犧牲，識者無不感到惋惜。

民國十年，在中法學院校長吳稚暉從國內招收之學生中，有劉師復全家兄弟如劉心石、劉抱蜀、劉天放、劉無為、劉翠微、黃葉、區聲白等多人，亦受劉師復影響，信仰無政府主義，並在言行作為上表現該主義之種種特質。

在三十年代，出名的左翼作家巴金，亦是留法學生而信仰無政府主義者。巴金原名李芾甘，四川成都人，巴金為筆名，因嚮往無政府主義領袖人物巴古寧與克魯泡特金，因而取巴氏之頭，克氏之腳以巴金名之。回國後以「滅亡三步曲」小說，一舉成名。其後，更以其自家李氏大家族發生的故事，而寫成「家」、「春」、「秋」三部巨著，成為三十年代最有名的作家。大陸淪陷後，竟在毛朝享有高位，被任為「全國文聯副主席」、「上海作家協會主席」。由於巴金非常謹慎，故中共每次運動，均幸而過關，但在文化大革命中，則過不了關，在上海人民廣場遭到公審與鬥爭。

有人認為中國人若得諾貝爾文學獎，巴金很有資格，傳統法國文學界有意推薦，但未成事實，巴金留法多年，如果能獲得諾貝爾文學獎，法國亦與有榮焉。

無政府主義與我道家思想有些接近，春秋楚國狂士接輿之「日出而作，日落而息，掘井為飲，耕田為食，帝力予我有何哉！」似更與無政府主義之思想相契合，十幾年前美國流行之嬉痞，長髮垂肩，不重衣衫，滿不在乎的樣子，也是無政府主義之顯現，但曇花一現而已。

法國是思想自由之國家，我早期留法學生在清末民初國內那種環境生長，再接觸到法國自由開放社會，思想都會改變。同時民國九、十年間，政治情況又是那麼混亂，留學生心存不滿，消極反抗，也怪不得有無政府主義這種思想存在了。

六、早期留法學生與反西教思想

我與盛成老教授閒談，當他談到早期留學生的反西教思想時，他問我說：「在敬老弟！你信天主教或基督教嗎？」

我忙回答說：「我不是任何宗教的教徒，我只相信自己。」

他說：「有信仰沒有什麼不好，可以淨化人心，在思想上、在精神上、在人生的道路上，遇到問題，可以有所寄託，現在是這種看法，在早期留法學生們，他們的看法就不同了！」

於是他把當時留法勤工儉學學生反西教思想的背景與事實說了一個大概：

在民國九、十年間，雖然庚子義和團之亂八國聯軍已成過去，第一次世界大戰剛告結束，帝國主義之風稍斂，但一般知識份子對帝國主義的蠻橫，仍有切膚之痛。同時對基督教與天主教的觀感極為惡劣，存有仇視的心理，大都認為帝國主義者侵略中國，除政治、軍事、經濟以外，還有文化侵略。宗教即包括在文化這一部門之內。傳教士都是帝國主義派來的先頭部隊，他們深入中國腹地，測量山川險要的形勢，調查民情風俗狀況，作成報告，送回本國政府，一旦他們政府對華發動戰爭，軍隊的行動，便縱橫裕如了。再者傳教士慣用小恩小惠，收買中國人信從他們的宗教，宗教的麻醉力又是這麼大，人民信教之後，便死心蹋地，成了教士的心腹爪牙，遇見本國和外國開仗，他們不幫助自己的軍隊，反替敵人當嚮導，做密探。我國歷來對外戰爭失敗，固由於武器不如人，教徒的暗中活動，也是因素之一。一般知識份子認為杜絕傳教士的來路，勢不可能，但靠宣傳的力量，喚醒同胞，不再吸宗教鴉片，做帝國主義的幫兇，應是一種良知行為。這種仇教的心理，更普遍的存在留法學界之中。

留法勤工儉學的學生，由於人數眾多，他們來法時帶錢不多，錢用完了國內接濟不上，做工又吃不了苦，書無法讀，工不願做，生活也發生了問題，再加上左派份子的從中挑撥。大部份走上了左傾的道路，反對宗教異常激烈。里昂中國留學生界響應國內排斥宗教運動，而發行的反宗教雜誌，便是勤工儉學學生策動的，他們又撰寫了許多詩歌、小說、論文來詆毀天主教與基督教。那時留學生界有幾種用中文編印的刊物，竟成了反宗教的好園地。

在當時的留學生界除了思想、文學上反宗教，在行動亦很積極，不但與教會劃清界線，對信仰天主與基督教的同學，往往加以鄙視，實施精神的制裁。

有一比利時籍的賴神父，他自幼愛好中國文化，發願長大後入會修道，傳教中國，他很年輕的時候便被派往中國北方，他學中國語言，讀中國書籍，用毛筆寫中國字，徹頭徹尾的中國化了。他深愛中國，但為了愛中國，得罪了法國派在中國的權要，法國政府壓迫教廷，硬把他調回歐洲。在他認為既不能留在中國，在歐洲能為中國學生服務也是好的，他聽說留法勤工儉學的學生，生活極端困苦，思想大部都有變化，這些留學生都是將來中國的領導階層，若思想不正確，對中國可能帶來災禍。他申請上級，願為勤工儉學的中國學生服務，解決他們生活和求學問題。

賴神父知道要打入中國留學生社會，是件不容易的事，但他義無反顧的去做。

在留法勤工儉學團體中，有兩個經常活動的團體組織，一為中法協會，會員最多，是由法國社會主義和共產主義者協助成立，學生加入此會，不左傾也變成左傾。另一為勵志社，乃經濟上比較富裕或已獲得他們本省教育廳公費的學生組織，其中還有幾位是天主教友。

賴神父自中國返至歐洲，帶了三個教友學生作為助手，三人中有一名劉博納的，乃上海震旦大學畢業生，法文很好，乃與勵志社的教友連絡，願為該社學生無條件的補習法文，一般勤工儉學學生請法國私人教師補習，要繳納學費，現在免費補習，因此求教於賴神父的學生日漸增多，於是賴神父便成立了一個名叫「自由學生友善會」的組織。

「自由學生友善會」在賴神父的領導下，活動很積極，並且是毫無保留的，盡心盡力的為學生服務。這一情況在勤工儉學的學生界，引起了爭議與鬥爭，幾個傾向社會主義的同學，咬牙切齒地恨他、詛咒他，說他是歐美資本主義和帝國主義侵略中國的急先鋒，他滲透留法中國學生團體，外表上假託救助的美名，骨子裡是想灌輸他們那腐朽不堪的宗教思想，想把中國學生造成洋奴。假如賴神父膽敢來里昂中法學院演講，便要給他點顏色看看。另一部份與該會有來往的同學，則認為賴神父是神職人員，傳教是他的天職，他對於那些自動求助的學生，並不勉強他們信教，他只誠心誠意的助他們解決讀書和生活的難題而已，他幫助困苦的同學，犧牲奉獻，不但不感謝，反而侮蔑他，實在說不過去。

對賴神父的爭議。一直在里昂留法學生界持續很久，都堅持己見，無法平息。

名作家蘇雪林也是留法勤工儉學的一份子，她因體弱多病，以及婚姻上的問題，情緒常陷入低潮，這對一位離鄉背井來到異國的年輕女性而言，是一種淒苦無助的打擊。她為求心理上的平靜、精神上的寄託而皈依了天主教。蘇雪林皈依天主教的消息在留學生界，慢慢的傳開，又激起了一陣波浪。

蘇雪林女高師畢業，國文根基深厚，頗有文名，同時思想新穎，同學們都頗為重視，並預期她的成就。現在她竟脫離了新文化的營陣，跑到帝國主義惡勢力下，當起一名小卒來，究竟是為什麼呢？可能是為了經濟上的利益吧！勤工儉學學生生活困苦，接受賴神父的救濟，尚情有可原。蘇雪林每月可自中法學院領出膳食費數百法郎，安徽省教育廳又給她每年八百銀元的津貼，她竟為區區教會的幾個錢，而皈依了天主教，大家對她由尊重而變為極端的鄙視。

在中法學院的女同學對蘇雪林還沒有什麼，男同學就不同了，平日和蘇雪林接近的，見了她態度都是淡淡的，比較忠厚點的，每遇到她臉上流露憐憫之色，有些人見她走過來，就轉背走開，如避瘟疫般的避著她。有的昂首向天，冷漠而去，好像遇見了仇人，更有的寫匿名信來侮辱與威脅她。這發生的一切，使堅強的蘇雪林陷在痛苦之中，為了做一個天主教徒，她竟付出了這麼大的代價。

由以上幾件事情來看，可以知道當時勤工儉學學生是如何地仇視宗教了，以現代人的眼光來看，信仰是個人的自由，宗教不過是個人的信仰，皈依天主教遭遇這麼大的敵視，簡直不可思議。

從早期留法學生反洋教的思想與行動來看，帝國主義者侵略中國所造成的仇恨，是深長的，這個結要很長的時間才能解開，同時也顯示共產主義的毒素，已傳佈不少人的身上與細胞中，到了不可自拔的境地，為後來共產黨的興起，埋下了種子。

盛成老教授談完了，感慨的說：「西教成為帝國主義的幫兇，是事實不容否認，那僅是部份，不是全部。在我國純傳教，救濟百姓，辦教育的，創辦醫院的多不勝數，他們對我們落後的社會，是很有貢獻的，像以前的賴神父，現在的蘇神父、傅神父對留學生做了多少事，以現在的眼光看反西教思想是不對的，但今昔背景不同啊！」

我當時聽了盛教授的敘述與評論，也感慨的說：「從前的帝國主義，侵略別人的國家，無所不用其極，明槍明刀的幹，真是肆無忌憚，現在則文明多了。」

盛教授拍了一下大腿說：「說的真對！現在的帝國主義沒有疆界，它侵略的方式是文化、經濟、政治制度，是各方面的，像現在的美國，就是沒有疆界的帝國主義。」

我想盛成老教授是親法反美的。

七、中共黨人在法的活動與鬥爭

盛成老教授雖然追隨政府來到台灣，在台灣大學任教過，但他從不諱言與共產黨重要人物，如周恩來、鄧小平、陳毅等認識，也短期的交往過。以他的看法，周恩來、鄧小平、陳毅到底喝過洋水，很有國際觀，毛澤東則不同，他在延安土窯中，坐井觀天，沒有什麼國際觀，他成功了也只是一個土皇帝，這是他對共產黨的一點看法，也是他到台灣的原因。

我問他說：「盛老你來巴黎了，老共會不會向你來個統戰，叫你回歸呢？」

盛老笑著說：「不會，我只不過是一個文人，老教書匠，又是留法的，我沒有權位，沒有利用的價值，有的是自由思想，他們避之唯恐不及，不會對我統什麼戰的。」

我又問說：「有人認為巴黎是中共早期培養人才的搖籃，催生了中國共產黨，你老是否同意這一看法？」

盛老想了一下，沉吟著說：「這種說法是很有道理的，在國內共產黨是被打壓的，他們不敢明目張膽的幹，不敢滿口的馬克斯、列寧什麼的。到了巴黎則不同，法國是民主社會，講的是自由民主，外國人來到這裡，只要不犯他們的法，管你是什麼黨派的，因此他們的精英來到這裡，如魚得水，與莫斯科連絡也方便，巴黎成了他們的溫床是不錯的。」這樣引出了話題，盛老就以「巴黎與共產黨」為主題，提出了他的看法，我也只能記一個大概：

提起中國共產黨的歷史，國人每說由戴季陶、周佛海、沈玄廬諸人所發起。事實上，他們不過是說說談談而已，都不是共產黨；如戴季陶為黨國元老，反共一向最力。周佛海因與汪偽政權相結合，最後以漢奸下場，他們與共產黨可說毫無血肉淵源。然對共產黨之培育發韌，厥功甚偉，無心插柳柳成蔭者，卻為李石曾先生，因他倡導的勤工儉學，成了共產黨在法國孕育的溫床。

平心而論，中國共產黨的真正發皇者，為當年在法的一部份勤工儉學的學生，其形成，其壯大，均以此輩為中心、為骨幹。試看共產黨的所謂開國元勛，皆屬當年留法勤工儉學學生，如元老徐特立、工運主腦李立三、婦運主腦蔡暢，黨政人物周恩來、鄧小平、李維漢、李富春，軍事之朱德、陳毅、聶榮臻等。至於等而下之的次級人物，則多之又多了。

毛澤東雖未到過法國，但其差一點沒搭上留法勤工儉學的專車，他是湖南湘潭人，湖南第一師範畢業，他投考該校時，除國文一門外，其他各卷皆不及格，該校校長因他國文程度甚好，予以破格錄取。

毛氏在第一師範時，和他的同學數人結合，成立新民學會，如蔡和森、蕭旭東、李維漢等均是該會成員，這些人後來大都參加了留法勤工儉學。而毛氏在一師糊裡糊塗畢業以後，在一師附小教了一兩年書。民國七年暑假到達北京，投考大學及高等師範，均名落孫山之外。這時留法勤工儉學高唱入雲，乃參加李石曾主辦的留法預備班，學習法文，當時他的同學同夥如蔡和森、李維漢、李富春等都報名參加，毛澤東由於外文沒基礎，法文難學，又因李大釗把他安排在北大圖書館任登記員，平時可到北大旁聽，就打消了隨勤工儉學赴法的念頭。

民國八年左右，勤工儉學的學生一船復一船的向法國出發，兩年之間，人數即達兩千餘人，其中四川省有五百多人，湖南四百多人，知名之士如周恩來、鄧小平、蔡和森、蔡暢、李立三、李維漢、聶榮臻、陳毅等都在其中，這些人有大專畢業者，有中學畢業者，也有中學未畢業者混跡其間，人品不齊，程度不一。他們既來了，李石曾特於法華教育會成立學生事務部，主辦其事，但有些學生錢帶來不多，做工吃不了苦，讀書既無學費，程度又不夠。最初法華教育還會為他們想辦法，為他們負擔補習法文費用，可是一些人一直補下去，賴著不肯走；同時一些做工吃不了苦的也都紛紛回來，以致使一些留學生可以落腳的地方，如李石曾先生的豆腐店，華僑協社都住滿了人，最後以搭帳篷來解決住的問題，吃飯僅以麵包白開水供應，當時情況之亂與慘，真是無以復加。李石曾先生見狀，非常焦急，乃向各省呼籲支援，張靜江先生也以北方名宿身份代為爭取，後來如廣東、山東、山西、河南、河北、浙江等省的學生，都獲得了省之經費補助。但是學生最多的四川、湖南兩省當局，因軍閥鬥爭，相應不理，這兩省學生在生活所迫之下，紛紛加入國際共產黨，大談其馬列主義了。原來第三國際莫斯科派來的人，早已洞悉情況，認為是發展的好機會，除了從主義宣傳下手加以爭取之外，同時還帶了許多盧布（俄幣），這些學生本來不滿現實，滿腹牢騷，有人再加利誘，當然加入，第三國際這項策略，可謂百分之百成功了。

在莫斯科第三國際派人來巴黎宣傳，領導兼組織中國共產黨之前，在法國奠定中共初基的為陳獨秀的兒子陳延年，他連絡四川青年趙世炎及蔡和森、王若彪，民國九年夏，在巴黎成立了「社會主義青年團」。這一共黨雛型組織發展很快，一年之中便網羅了勤工儉學學生一百人以上。周恩來、李富春、李立三、李維漢、陳毅、蔡暢、聶榮臻、向警予，都在這時加入。後來第三國際再以大量金錢收買，發展更為快速。

第三國際的俄共代表見策略成功，為引起多數學生注意，及便於大量吸收分子起見，遂訓練社會主義青年團團員從事鬥爭，他們糾合群眾，指定目標，從打鬥、示威，企圖更擴大外圍，增強組織，這一來法國學界從此多事了。

共產黨人的第一次鬥爭，是攻打巴黎中國留法學生會館，這一會館住著一些享有公費之老留學生，他們生活較為糜爛，不求上進，周恩來等認為是鬥爭的好目標，在一九二一年一月，約有廿餘名團員打入學生會館，將老留學生打了一頓，趕了出去，公使館雖出面干涉，但打人的早已四散了，因此不了了之，這一幕表演的非常成功。

共產黨的第二次鬥爭，是大鬧駐法公使館，鼓動風潮。民國十年一月十六日，華法教育會在不得已情況下，對儉學或勤工儉學學生擺脫一切經濟上的責任，乃發通告如下：

「……在本會方面，借貸給學生之款，虧欠之數甚巨，本會原無基金，又無入款，挪借乏術，因而患窮。而告貸之學生方日增無已，今則虧竭已極，萬難為繼，惟有竭誠通告，華法教育會對於儉學學生或勤工儉學學生，脫卸一切經濟上之責任，只負精神上之援助……辦法兩條：

甲、關於儉學者：（一）儉學學生以前在本會存款者，一律在二月十日起至三月十五日止，由該生親到事務部結算清楚，本會不再擔負保管之責。（二）儉學學生無存款，一向請本會貸付學費者，一律自二月底止，以後由該生設法自理。

乙、關於勤工儉學者：（一）現在工廠者，自通告之日起，以後如有辭出工廠情事，本會一律不發維持費。（二）現在勤工儉學學生之在校者，其請貸付學校用費，一律於二月底止，以後由該生設法自理。（三）不在上述之規定，而現在仍來本會領維持費者，本會概不答復。」

通告發出之後，在法勤工儉學學生大起恐慌，紛紛往我領使館請求維持，時我駐法公使為陳籙，連電北京國務院、教育部，並向各省督軍省長報告困難情形，請匯款接濟，結果政府決定，無力自給者代購船票遣送回國；至於各省的反映則以此項學生非經省派，不能由省負責，特令各生家屬自行籌款解決。

此項消息傳到法國，學生們堅持不受遣送，周恩來、趙世炎等見有機可乘，遂於二月二十八日聚集二百人，包圍使館要求使館每人月給四百法郎，四年為期，公使館無法應付，而法國政府及輿論界均不以遣送為然，並由法外交部派人至使館交涉，將遣送費移作維持學生在法留學之用，法國政府當竭力幫忙。乃於五月十四日由中法兩方面合組委員會，專辦勤工儉學事宜，並由朱啟鈐捐五萬元，其他捐款三十萬六千五百法郎，使館所籌遣送費二十五萬法郎，法外交部致贈三十萬法郎，東方滙理銀行捐五萬法郎，共計九十萬六千五百法郎，發給儉工學生每人每日維持費五法郎；但在法學生一千七百餘人，品流不齊，失業的人很多，八、九月間領維持費的有八百餘人，適巧中法實業銀行改組，發生拒款風潮，法國政府於九月撤消該委員會，十月十五日起，不復發給這些學生任何維持費用。不過共黨份子利用群眾，大鬧公使館又算得到一次成功。

共黨第三次的鬥爭表演大戲，是進軍里昂，事緣由李石曾與吳稚暉籌備的中法學院，位在里昂，已經整頓好了，吳稚老從國內招了一批公費生與自費生來此，一般勤工儉學的學生要想入學者，要來一次法文試驗，以憑選擇。

這消息傳到巴黎，勤工儉學學生紛紛議論，法文程度不好的忿忿不平，周恩來等見於此，認為又是大好的鬥爭機會，於是鼓動學生及黨人開會，先派王若彪前往交涉，交涉未果，便在民國十一年九月廿日由蔡和森、李立三、李維漢、聶榮臻、陳毅等率領一百三十餘人，浩浩蕩蕩，乘車去里昂，一到里昂，便由王若彪領路，一直打入尚未開辦的中法學院，擺床鋪、開晚飯，鬧成一團。事情鬧大了，法國軍警動員三百人加以包圍，不准進出，事情僵持甚久，無法獲得結果，共產黨人並挾持學生不得中途離去，並且廣發傳單攻擊法國政府壓迫留學生，法國政府無奈，乃決定將鬧事的七十餘人，強迫遣送返國。

當時國內人士聽到這個消息。以為留法勤工儉學學生胡鬧，有失國家體面；實際上是出於共黨黨人有計劃的行動，是共產黨留法學生再次暴動顯現實力的傑作。

這次鬧事，共產黨人未佔了便宜，在強迫遣送回國的人當中，蔡和森、向警予、李立三、李維漢、陳毅等卅人均在其內，周恩來因坐鎮巴黎而得免。

蔡和森、李維漢等被驅逐回國之後，在巴黎的共產黨由周恩來、陳延年與趙世炎等籌劃，成立正式組織。根據中共黨史記載，中共在法建立正式組織，是在一九二二年七月，由巴黎的社會主義青年團與上海中共取得聯繫後，將陳、趙所發起的組織改稱為中國共產黨旅歐總部，而同時成立旅法，旅德與旅比支部。

中共旅歐總部成立之後，以周恩來、趙世炎、陳延年、王若彪等為首，擴大組織，積極準備在巴黎出版宣傳共產主義的中文刊物。

中共的旅歐總支部成立後，趙世炎與陳延年兩人編印一個小刊物，用蠟板來油印，陳延年負責編，趙世炎負責印，後來因趙因事情太忙，乃請鄧小平來擔任，並一直負責下去。

一九二三年夏初，中共旅歐支部出刊「赤光」半月刊以代替少年報，對外發行，擴大宣傳共產主義於留法學生與華工之間，由任卓宣任主編，鄧小平負責寫印。這時陳延年與趙世炎赴莫斯科受訓，周恩來便成為中共旅歐支部總負責人，對內對外肆應一切。當時他們的分工是周恩來總其成，任卓宣、鄧小平負責宣傳；王若彪、蔡暢負責華工運動，在學生與工人中，其組織有相當進度。

中共旅歐支部大力發展組織後，常與在巴黎的國民黨及中國青年黨人發生衝突，有時還發生武鬥，造成壁壘分明的局面；後來周恩來調回國內，工作則由鄧小平接替，這是鄧小平嶄露頭角的開始。後來中共在國內發展，鄧小平也赴莫斯科受訓，在法中共黨人漸少，不過從巴黎回去的，都成為中共首領級的幹部，如周恩來、鄧小平在共產黨史中，都佔著極其重要地位，在國際間所享之盛名，不在毛澤東之下，在以後成立的中共政權班子中，留法派也因人數眾多而舉足輕重。

八、青年黨在巴黎成立經緯

我在國內喜歡閱讀回憶錄一類的雜文，在我的印象中，青年黨的元老人物都很有學問，他們寫文章不論是政論或其他文體，都擲地有聲，很多人都是著作等身。其中如曾琦、左舜生、李璜等均是。我世新的老師沈雲龍，史學造詣很深，下筆千言，文章常見諸報刊雜誌，他書教的也很好，我對他非常敬佩，他就是青年黨人。

朱伯奇老先生，雖然沒有說他是青年黨人，但他常提青年黨的事，他與曾琦、李璜、左舜生都是熟朋友。

在政府退守台灣的時間，青年黨人也隨之來台，扮演反對黨的角色，有許多人稱青年黨是花瓶黨，擺出來好看，在政治上發生不了多大作用，還時常鬧內鬨，搞分裂，使創黨元老李璜頭痛心痛、一籌莫展。

一天我與朱伯老談到青年黨在巴黎成立的問題，並向他請教，我問說：「青年黨有這麼多菁英，為什麼在國內發展不起來呢？」

朱伯老笑著說：「在中國國民黨一黨獨大，排他性又高的情況下，什麼黨能發展呢？」

我當即說：「共產黨不是發展成功了嗎？佔領了整個大陸！」

他說：「那個不同，共產黨的發展靠武力，他靠武力打敗了國民黨。青年黨則不同，他們都是些文人，都是秀才，你沒有聽說過秀才造反，三年不成這句話嗎？」

我聽了恍然大悟，認為很有道理。

朱伯老就如數家珍似的，將青年黨在巴黎成立的經過講了一遍：

中國青年黨是在民國十二年十二月二日在巴黎近郊之玫瑰泉城的共和街餐廳中創立的，距今已有九十年的歷史、創黨的元老人物為曾琦、李不韙、李璜、胡國偉、張子柱、梁志尹、何魯之、周燮元等。均為留法菁英，一時之選。

談到青年黨的創立，先要談「留日學生救國團」與「少年中國學會」，三者有密切之關係。

民國初年，中國留日學生特多，人數逾萬。民國七年四月，留日學生起而反對日本寺內內閣與北洋政府訂立中日條約，有衝突被日警拘捕八人的事件發生；旅日學生大憤，多數人主張罷學回國以為抗議，返國後有留日學生救國團之成立，總部設於上海，並創辦救國日報。負責人之一的曾琦，本擬再聯合由日返國在平津的同學，在平津設立留日學生救國團分部，但北方政治環境不容許此一救國團組織與活動，未能如願，但卻促成了少年中國學會的創立。

少年中國學會的精神與創意，由「少年義大利」、「少年土耳其」等外國救國團體傳衍而來。學會的組織、發動在民國七年六月下旬，而籌備會的成立，則在七月中。發起之後，立即開始接納會員。發起人為王光祈、周太玄、雷寶菁、陳海、曾琦、張夢九、李大釗等七人，由發起人公推王光祈為籌備主任。因王光祈任事甚勤，不久會務發展到南京、上海、成都等地，會員雖不甚多，但幾乎將社會一些菁英份子網羅殆盡，舉其著者，如屬以後青年黨的有李璜、左舜生、何魯之、余家菊、陳啟天等。屬共產黨的有毛澤東、張聞天、惲代英等，屬於學術界人士更多，有田漢、周佛海、易君左、方東美、宗華白等。

民國八年六月該會公開發行「少年中國」月刊，九年元旦發行「少年世界」，這兩種刊物對自然科學、社會科學、文學、哲學都廣多涉及，「少年世界」尤其重婦女兒童問題、社會批評及地方調查等，並各出專號，如詩學、婦女、宗教、日本、法國等專號等均是。該會活動積極，已從教育擴大到政治社會，文化各方，而成一種綜合的運動。

後來少年中國學會的活動，表面上是因王光祈的赴德、曾琦等人的赴法而停頓。其中最重要的癥結還在李大釗對會友宣傳國際共產主義，引起部份會友不滿，特別是曾琦因反對共產主義，與李大釗發生筆戰，因此少年中國學會由學術研究性質而變為政治活動主張之爭，更由政治主張之爭而造成此會之分裂停頓。

「少中」的主要份子，曾琦、李璜、李不韙、張子柱、何魯之等在民國八、九年間分別到了巴黎，除入學讀書外，還辦了一張華文報紙，名叫「先聲週報」，是手寫油印發行，甚獲華僑與留學生喜愛。中共留法學生辦赤光半月刊後，二者常常筆戰，先聲週報很鮮明的在宣傳國家主義，與共產主義極不相容。

民國十二年五月，山東臨城發生了孫美瑤劫車綁票巨案，孫匪將京浦直達車中二十個外國人綁下車來，挾往抱犢固。一時震驚世界，巴黎報紙大作文章，認為中國乃一土匪世界，主張共管中國鐵路，歐洲其他國家報紙亦相呼應。中國人走在街上有時被人指指點點，羞辱難堪。此時曾琦在巴黎，乃約集在法少年中國學會之會員，商談反對列強共管鐵路，並展開旅法各團體救國聯合會的事，在巴黎約廿餘單位均熱烈響應，並派代表參加會商，會中決定在七月十五日召開大會，並推出曾琦、周恩來等為大會籌備工作負責人。

七月十五日旅法各團體聯合會，在巴黎「社會博物館」大廳召開，到會者有四百多人。首由曾琦宣佈開會宗旨為反對列強共管中國鐵路，北洋軍閥與政客喪權辱國，不足以擔當國事，必須全民奮起共謀救國，因而提出大會以「內除國賊，外抗強權」為宗旨，參加者無異議的鼓掌通過。何魯之以主席身份，正要宣佈散會，共產份子之一的劉清揚女士跑上主席台，大講國際共產主義，一講就是半小時，群眾不耐，噓聲四起，主席制止，她也不聽，因此發生了打鬥事件，使會場秩序大亂，好在不久就告平息。

共產黨份子不受事前的約束，使會議發生缺憾，曾琦大為不滿，在「先鋒」上為文宣傳國家主義，反對國際共產黨，因而與「赤光」筆戰不停，曾琦先生乃有組黨之念頭。

民國十二年國慶，留法同學及華僑擴大舉行慶祝會，到有外賓及中法男女六百多人，大家正在興高采烈的慶祝時，周恩來率領共黨數十人闖入會場，高舉紅旗，大唱國際歌，有意搗亂，與會人士均甚憤慨，有意予以痛擊，共產黨份子見勢不妙，乃呼嘯而去。

曾琦因見共產份子目無國家，益堅其成立青年黨之決心，於是乃有十二年十二月二日中國青年黨的正式成立。除曾琦所擬之宣言及黨綱外，張子柱所起草之章程，均經與會者熱烈討論推敲通過。但在該黨的政策與口號上，曾琦提出「內除國賊，外抗強權，內不妥協，外不親善」，有的同志認為前三句沒有問題，後四字「外不親善」，在國際合作上有拒人以千里之外的味道，非政治上之所宜。曾氏認為以中國歷史及民國近事而論，平定內亂而利用外援，大都為外援所制，甚至亡國；他強調外不親善，不是不重視外交，重外交是普遍性的外交，不是對一國賣身投靠。他顯然是在反對共產黨視第三國際為祖國，及國民黨聯俄容共政策。

中國青年黨成立，推由曾琦為黨務主任，張子柱為宣傳主任，並以「先聲週報」為黨之機關報，胡國偉為該報創辦人、張子柱為總編輯、周燮元負責印刷，目的在鼓吹國家主義，同時吸收同志。

青年黨雖在巴黎成立，但發展並不快速，原因是曾氏均為書生，與其思想相近者可以結納，另一部份書生埋頭讀書，對政治不感興趣，如周太玄等數人，雖屬少年中國學會會友，但始終不參加國家主義活動；而一些程度較差的勤工儉學學生，多被共產黨引誘，致曾氏的國家主義之號召，黨員始終不脫李璜、何魯之、李不韙等十餘人。後曾氏與李璜返國，與少年中國學會正式分家，各奔前程，中國國家主義之青年黨遂以「醒獅」機關報，大加宣傳，此後曾氏等先後奔走各方，如東北張學良、四川二劉及楊森之門，及抗戰軍興，正式以反對黨身份參加政府，與執政黨分庭抗禮，與共產黨之鬥爭，亦由巴黎搬至國內，中國青年黨雖然一直沒有成為大黨，但曾琦、左舜先、李璜、李不韙、張子柱、陳啟天、余家菊等，均為飽學之士，亦可謂人才濟濟。

第三輯

兩岸早期留法人物掠影

一、中共留法傑出人物周恩來

在中共人物中，談到風度、談吐和吸引力，誰也趕不上周恩來。他看著毛澤東鬥垮了李立三、陳紹禹、高崗、饒漱石、劉少奇、林彪和鄧小平，但他的地位始終不動搖，其玩弄政治藝術，可謂已臻化境。周恩來的成功，或許與留學法國，早歲從事共黨活動，獲得寶貴經驗有關。

周恩來是於民國前十二年出生於江蘇淮安的一個中上家庭，他的父親是個出色的教師，他的母親則精於國學。可是他早年喪母，由舅父負責他的教育。他在東北瀋陽讀完小學，便由他舅父資助到天津進了南開中學，在南開他的課業成績相當出色。民國六年初，在他舅父的安排下，赴日留學，以十八個月的時間，相繼在兩家大學當旁聽生。到了民國七年四月，留日學生反對日本寺內內閣與北洋政府段祺瑞訂中日軍事密約，留學生罷學回國，周恩來也在響應之列，乃回到天津南開大學繼續學業，他是南開大學校刊主編，開始從事政治活動，在民國八年的「五四」運動中，他也是活躍的積極份子之一，這使得他在當時的北平坐了六個月的牢，後由一位保人把他保釋出來。

周恩來出獄之後，立刻參加了北平左翼勢力組織的「覺醒社」，又成為該社的活躍人物。

民國八年十月，他以勤工儉學學生的身份去了法國，展開了他在法國留學的一段生活。

周恩來到達法國巴黎後，在華法教育會的安排下，先接受法語訓練。民國九年秋，被送到雷諾汽車廠去做粗工，他只做了三個月就跑回巴黎城，見人就說吃不消，認為是非人生活。後來他當了中共的國務院總理，雷諾汽車廠，還追查往事，引以為榮呢！

在該年，他參加了由陳延年、趙世炎所領導成立的「社會主義青年團」，是他參加共產黨正式組織的開始。

當莫斯科第三國際代表在民國九年秋，與中共的雛型組織「社會主義青年團」連絡上了之後，周恩來的地位在組織裡忽然重要起來，這並不是因為周在組織裡戰勝了陳延年、趙世炎與蔡和森，而是周在天津南開大學，雖未畢業，而受的英語訓練基礎較好，可以用英語直接與俄共代表交談接頭，而不須翻譯，故周便成為「近水樓台先得月」，自然在接近高層方面有其優勢，而不同於別人了。但俄共代表在其初的目的，是加強思想訓練，其次是教以鬥爭訓練，而在一年半之中，並未變動組織名稱，只是緊緊的抓住陳、趙、周三人，透過他們來從事訓練而已。

周恩來第一次領導的鬥爭，是攻打巴黎中國留學生會館，他認為老留學生享有公費，生活糜爛、墮落，是鬥爭的好目標，乃率領廿餘人將老留學生打了一頓，趕了出去，並自認牛刀小試，獲得自我陶醉的勝利。

第二次是領導包圍我北洋政府駐法公使館，爭取所謂勤工儉學學生的生存權，大鬧一場，也自認有所斬獲。

第三次是率領群眾，佔領李石曾、吳稚暉先生創辦的里昂中法大學，要求住校並享公費，這次周恩來未曾前往，而坐鎮巴黎。鬧了一陣子之後，法國警方將鬧事之共黨學生七十餘人，遣送回國，周恩來因未直接參與，而幸運躲過。

民國十一年七月，中共在法國巴黎建立正式組織，稱為中國共產黨旅歐總部，周恩來為主要領導人，他擴大組織，出版宣傳國際共產主義的少年報。

民國十二年夏，少年報改為赤光半月刊，由鄧小平負責印刷工作，他因油印刊物，積有經驗，故有「油印博士」之雅號。後來陳延年、趙世炎赴莫斯科受訓，然後回國，周恩來便成為中共旅歐總部對內對外的負責人。

周恩來既是中共旅歐總部的頭兒，由於旅德支部設在柏林，是輸送法比兩地中共份子赴莫斯科受訓的交接站，因此周恩來時常去柏林暫住，執行任務。有一四川籍的留德學生名黃乃淵者，他在柏林的住處與周恩來所租的房子緊鄰，他德語很好，時常與周的房東的女兒交談。此女與周恩來發生情愫，愛周恩來頗深，常怨周付了長年的房子租金，而每次小住即去，使他們聚少離多，不勝相思之苦。黃氏聽德女之言，留心觀察，始知周係在柏林與俄共辦交涉，至於與德女的戀愛，似乎逢場作戲的成份較大。

周恩來與其枕邊人鄧穎超是在南開大學認識的，他們一直相愛，直到周自法返國，才在廣州正式結婚。他與德國房東女兒大談戀愛，可能是耐不住旅居異國之寂寞的關係，由此可見周恩來是一感情出軌的風流種子。

據說周恩來與德國房東的女兒，雖未談到婚嫁，但她為他生了一個兒子。後來周恩來奉命回國，並與鄧穎超結了婚，非但未向德國女有所交待，以後也沒有連絡，而成了一個負心漢。後來德女苦等無著而改嫁，兒子也成了拖油瓶。第二次世界大戰之後，德女與兒子都在東德，在共產鐵幕中生活。周與德女的私生子長大之後，也成家立業，並有一個兒子在工廠做工人，生活過得似乎不太好。

在民國六十二、三年間，德國報紙登了一則，有關周恩來的秘聞，法國報紙也加以轉載，大意是說周恩來在德國有個孫子，為東德某工廠的工人。一天，他告訴同事說，你們不要看不起我！我有一個了不起的祖父，他可以使蘇俄頭子赫魯雪夫大傷腦筋。同事問他的祖父是誰？他說是中共的國務總理周恩來，記者根據這一線索，把周恩來在德國時的風流韻事報導了出來。周恩來與鄧穎超沒有兒女，假若鄧的肚量大的話，似可將周與德女所生的私生子，予以歸宗，可惜他們沒有這樣做，看來周恩來對德女是負心到底了。

中共軍頭朱德的加入共產黨也是周恩來在歐吸收的。

朱德本是川滇一個小軍閥，在民國九年左右帶著年輕美貌的太太來德國，住在哥定根，以兩人的年齡情況來看，此女可能是朱的如夫人，朱當時尚不是共產黨人，但在哥定根的共黨分子與朱妻連絡頗多，而影響了朱德。後來朱德申請加入共黨組織，許多人以朱曾是小軍閥，是革命的對象而加以排斥，周恩來力排眾議，予以吸收，朱德後來成為紅軍總司令，聲望與毛澤東相比，不但齊驅或更上一些，國人對中共有「朱毛」之稱，則為證明，由此可見周恩來的識人之能。

周恩來在法國巴黎領導共黨活動，非常積極有效。因他外表溫文，且有肆應之才，很能贏人好感，以後與在法的國民黨及青年黨人對抗，在報刊上相互打筆戰，在各種會議上也有熱戰場面。例如巴黎各社團協會為臨城事件成立旅法各團體救國聯合會，在成立大會上。就曾發生共黨分子鬧事事件。又因青年黨人反對國民黨聯俄容共，他們也與青年黨人在不同場合鬥爭，例如騷擾國慶酒會，及民國十三年二月在旅法各團體救國聯合會理監事會議上，指責青年黨竊取「內除國賊、外抗強權」口號，而發生武鬥事件均是。

民國十三年五月，巴黎警察在塞納河發現一具屍體，驗明是中國人，係為人槍擊後棄於河中，死者為比昂古工業區的華工，經過警察追查之後，因得不到有力的證據，本案就不了了之。

據事後瞭解，死者平時討厭共黨工人動輒聚眾威脅同事，常與共黨工人爭執。他係河北人，孔武有力，酒醉後則易動粗，可能因動手打共黨人而被殺，如認真查案，一定可以查個水落石出，但死者為中國人，警察也就馬馬虎虎了案完事。

因此一兇殺案的發生，周恩來怕惹事上身，也就讓黨人稍加收斂一下。同時，在民國十三年左右，國共合作已起暗潮，日形擴大，在廣州方面需要幹員與國民黨周旋，於是周恩來就奉召回國，參加由孫中山先生領導的革命運動，在巴黎的工作，就交給鄧小平了。周、鄧是老搭檔，兩人都是中共最厲害的角色。

周恩來在民國十三年回國後，利用機會在廣東組織中共的廣東省委員會，自己擔任書記，同年鄧穎超從華北南下，他們於民國十四年正式結婚，同時出任黃埔軍校的政治部主任，而校長則是先總統蔣公介石。

關於周恩來以後的經歷，各方報導甚多，恕筆者不加贅言了。

二、人矮才高的鄧小平

在中共文化大革命期間，丟掉中共中央總書記紗帽，被打入牛欄，銷聲匿跡了若干年的鄧小平，於一九七三年被周恩來力保戲劇性的復出，擔任國務院副總理之職。一九七五年他訪問法國時。筆者當時正在巴黎，法國報紙稱他是舊地重遊，也報導他當年在法國的部分經歷。貌不驚人的鄧小平，因曾在法國留學五年，在中共高階層中，被劃為「留法派」人物。

鄧小平是四川省廣安縣人，原籍廣東客家，為四川重慶留法預備學校第二班畢業生，同期的有沈默士、聶榮臻、周欽若等人。畢業之後以勤工儉學的名義，於民國九年赴法，當時的重慶商會會長汪雲松每人還致贈二百元的行儀，同鄧小平一齊赴法的川籍學生有九十二名之多。

鄧小平到法國留學時，年齡不過十七、八歲，年齡雖小，但很老成，個子雖小，但很靈活。與他一同參加勤工儉學赴法的，有一位遠房叔叔名叫鄧紹基，對他很照顧。當時同鄧小平一齊赴法的川籍留學生，大多數的經濟狀況不佳，所帶來的支票不滿二千法郎，因此華法教育會只有把他們送到收費較廉的蒙特爾尼中學去。他們初到法國，在吃的方面殊不習慣，吃不慣麵包、喝不慣紅酒、冷水，時常吵著吃不飽。在讀書方面由於程度不齊，學習也發生困難，這些學生身處異國，家鄉為軍閥蹂躪，心情之苦悶是可想而知的。

與鄧小平等一批四川同學，同住在蒙特爾尼中學的有湖南籍的一批學生，其中較著名的有蔡和森、李富春、李立三、李維漢、蔡暢、向警予及徐特立等，徐特立當時已年逾四十，學究模樣，頗得同學敬重。他們七人常祕密聚會，蔡和森為領導人物，原來他們都是「新民學會」的會員，正設法招收新份子，這一學會是蔡和森與毛澤東在長沙發起的，蔡毛當時還常有連繫。鄧小平在這種環境下，被吸收進去，想是必然的了。

後來，蔡和森、陳延年與趙世炎等在民國九年夏，在巴黎成立「社會主義青年團」，與莫斯科第三國際取得連繫，並獲得經濟支助，鄧小平也就加入了這一組織。

民國十一年共產黨方面將社會主義青年組織，改為中國共產黨旅歐總部，並編印出版了一個小刊物，用蠟板來油印，名為「少年報」，由陳延年負責編，鄧小平負責印刷。後來少年報停刊，以「赤光」半月刊代替，主編改為任卓宣，印刷仍由鄧小平擔任，他愈印愈好，在他們同志中有「油印博士」之稱，這時的鄧小平在共產黨組織中尚未成為重要分子，但已進入領導核心，伺機而動了。

民國十三年七月，周恩來奉命回國，在法國的領導工作交給了鄧小平。周恩來做事一項很細密謹慎，能一下子將總責交給他，當然兩人共事日久，必定了解他的能力。自此鄧小平獨當一面，在共產黨之中啼聲初試，嶄露頭角了。

民國十三年末，鄧小平也取道蘇聯回廣州參加國共合作。十五年國共分裂形勢已成，鄧小平感到不妙，溜到蘇聯去避風頭。十六年祕密回到上海從事地下工作。廿年他到瑞金投靠毛澤東，向毛澤東表示忠誠，毛派他到政治部工作，負責主編「紅星報」，周恩來是他的直接上司。

民國廿四年中共在延安整編擴充，鄧被任為紅三軍團的政委。民國廿六至廿七年之間，又被委為劉伯承的政委，當時有「瞎子配矮子」，「殘廢大結合」之謔稱。在民國三十六年中共全面叛亂時，劉為二野司令員，鄧小平為副司令員兼政委，對劉的作戰幫助頗大。

民國卅八年中共政權成立，鄧小平是政務委員之一，但他主要活動範圍仍在西南。民國三十八年至四十一年間，他是中共西南局的第一書記、西南軍區政委。

民國四十一年，鄧小平被任為國務院副總理。四十八年鳴放運動展開後，鄧小平代表中共提出對各方批評的總答覆。在四十七年中共八大第二屆會議上，鄧提出關於修正主義的報告，他已直接地攻擊蘇聯為「修正主義的姑息者」。在大躍進時，鄧小平支持毛澤東路線最力，在與蘇聯理論分歧中，從四十六年起被推出來和蘇聯進行辯論。

在文化大革命之前，鄧小平任中共中央總書記，但不久與劉少奇被打為走資派黑幫份子，不但丟了紗帽還打入牛欄。民國六十二年四月，鄧又在周恩來的卵翼之下復出，復任副總理。同年八月入選中央委員、六十四年一月升黨的軍委會副主席，軍的總參謀長，以及國務院的代總理，權傾一時，為周恩來的接班人。

毛澤東於六十四年一月底二月初，掀動了「批周倒鄧」，到六十五年四月天安門暴動，鄧小平又被罷官，可是在朱德的拼死力爭下，官是罷了，未能除掉他的黨籍，為他留下日後復出的伏因。如此的鄧小平，可謂百足之蟲死而不僵了。

經過一段長時間的政治鬥爭之後，中共新華社於民國六十六年發佈官方公報，中共「十屆三中全會」已恢復鄧小平在六十五年四月被罷黜前的所有職務，鄧小平至此又戲劇性的復出了，而這次復出，有排山倒海之勢，在中共政權中的地位，似無可再動搖的了。

這次是鄧小平在政治上的第三次復出，一個人在共黨世界裡能三次倒下、三次爬起，是很不尋常的一件事，由此可以看出，就像他當年獲得「油印博士」雅號一樣，能屈能伸，待機而動。若說他與周恩來是中共的兩隻「老狐狸」那是再恰當不過的，耐人尋味的是他們都是「留法派」。

三、早期留法共產黨人群像

在民國八年至十二年間，隨著勤工儉學留法的共產黨份子很多，在這些人當中，蔡和森係因病而死，王若飛墜機而亡，其他如趙世炎、向警予、何長工、陳喬年、陳延年等在返國從事共黨活動時，被當時政府捉捕正法。假若這些人不死，當是共黨元老級的人物，地位必然很高，不過與毛澤東共事，一切都很難說；像劉少奇、林彪就是很好的例子。

在以上未死的人中，以周恩來、鄧小平最領風騷，筆者已有專文觸及，其他李立三被鬥垮，徐特立則以元老自足，不涉權力鬥爭。至於李維漢、陳毅、聶榮臻、李富春、蔡暢等在中共幫子裡，或統大兵，或搞統戰，或負責經濟及婦運，都是炙手可熱的人物，現筆者把以上的人物，簡略的交代一下，以助瞭解：

蔡和森移家就學

蔡和森是湖南湘鄉人，長沙第一師範畢業，與毛澤東為同學，並同組過新民學會。民國八年以勤工儉學名義，並響應李石曾之移家就學之倡議，帶其母親及妹妹蔡暢赴法。到達法國後，華法教育會送他入蒙達爾尼中學補習法文。當時蔡和森年近三十，英文毫無根基，學習法文，每每跟不上班，但其自高自大，不屑與一般小伙子為伍，終日居家，字典一本，人道報一份，逐字查註，後以能讀法國共黨人道報自炫於人。在蒙校即常與同路人李維漢等秘密開會，發展組織，後與趙世炎、周恩來等共組社會主義青年團，接受莫斯科第三國際的經濟支助，並帶領左派留法學生從事鬥爭活動，在佔領里昂中法大學事件中，被強迫遣送返國。

蔡和森不修邊幅，常數日不洗臉，數月不理髮，不喜與同學交談，非天下大事，國家大計決不開口，有時面壁數小時不動，是一怪物。他與向警予戀愛，怪招百出，在共產黨人中，是一軍師型的領導人物。被遞解返國後，策劃主持中共黨務，毛澤東當時很聽他的，不久以肺病，醫藥罔效而去世，他在法時已有肺病，但與向警予戀愛自戕，絲毫不知珍惜。他的妹妹蔡暢返國後嫁給李富春，成為紅朝婦女領袖。

人稱「至聖」徐特立

徐特立湖南長沙人，原為湖南一師教員，是毛澤東、蔡和森、李維漢的老師，其人為好好先生，刻苦耐勞，自成一家。他在長沙任教時，兼任稻田、周南兩女校教師，不講究服飾，不修邊幅，女同學戲稱他為「徐抹布」。他一人身兼三份教職，收入頗豐，但仍留妻鄉間，以養豬自活。他的收入多幫助聰敏之清寒學生，人稱教育家，頗負時譽。不過處世無主見，雖名特立並不「特立」。他為求上進，隨勤工儉學赴法學習數學，當時他已年逾四十，學習法文自然比其他人為困難，但他尚能刻苦自學。

巴黎為花花世界，徐特立常勸年輕的同學，不可亂搞女人，要好好讀書，一般同學見他道貌岸然，暗地裡以「至聖」稱之，但在表面上均稱之為「徐老師」。而周恩來、李立三、蔡和森等，均尊之為領袖，中國共產黨在法初期活動，即以徐特立為中心，而免得誰不服氣誰。

徐特立留法多年，於十六年回國，在共黨中地位很高，毛澤東對之執禮甚恭，在延安時代出任中共教育副部長，部長為瞿秋白，迨瞿被殺後，即出任教育部長，其後屢次蟬聯「中共中央委員會委員」，民國五十七年病逝北平，享年九十二歲。

統戰頭子李維漢

李維漢湖南湘鄉人，與毛澤東、蔡和森同為湖南一師同學，亦為新民學會發起人。後與蔡等到法勤工儉學，亦在蒙達爾尼中學補習法文。他為人不苟言笑，為一陰沈有城府之人，當初留法學生有共產黨之組織，和以後的種種鬥爭活動，多由他參與策劃和發動，亦因參與里昂中法大學暴動，被遞解回國。

李維漢被遞解回國之後，易名羅邁，參與中共的發展，為毛澤東的主要助手，位重權大不在劉少奇、周恩來之下。

中共建立偽政權之後，出任政協全國委員會祕書長，國務院民族事務委員會主任委員兼中共中央統戰部部長，內操對所謂民主人士的生殺予奪之權，對外負國際統一戰線即所謂「統戰」之責。

李維漢於民國六十一年垮台，垮台的原因，可能是做了統戰不力的替死鬼。據說，李維漢與鄧小平之間曾有奪妻之恨的過節，大概在民國二十一年左右，鄧發現他的妻子金維映，暗中被李維漢勾搭上了，當時李在黨的組織中，地位高過鄧，於是鄧大方的和妻子離了婚，但心中不快，是必然的，在當時鄧矮子忍下了這口氣，以後鄧扶搖直上，位居要津，這個仇怨在鄧必然伺機而報的了。

風頭主義李立三

李立三湖南醴陵人，原名李隆郅，從事共黨活動後始名立三，他個子高高，大眼睛、嘴尖唇厚，看外表就可看出不是一個簡單的人物。

他參加留法勤工儉學時，在眾多學生中，程度最差，可能中學都沒有畢業。他是在國內混不下去，抱著到國外混混看的僥倖心理。他赴法後進蒙達爾尼中學補習法文，但他不讀書，不做工，一味東奔西跑，往來於同學之間，為欲接近女同學的關係，發起組織同學會，為欲出風頭，又發起中國同學遊藝會，在楓丹白露戲院演出。並常假同學福利事業名義，千方百計深入鑽營，久而久之為共產黨人所看中，爭取加入了共產黨，他與蔡和森、李維漢係一同被遞解回國的。

李立三返國後投靠共產黨，與毛澤東相處得不太融洽，寧漢分裂後，李立三高舉革命旗幟，打土豪、分田地，建立紅軍及蘇維埃，標榜所謂「李立三路線」。但李立內受毛澤東攻擊，外受國軍的圍剿，很快的敗下陣來，被調到莫斯科去學習。

李立三由俄回國後，在東北做地下工作，做林彪的政治員。毛政權成立後，任勞動部長兼工會第一副主席，不久因推行「工會經濟主義」又犯錯誤，而被免職，降任中共中央交通部副部長之職。文化大革命時，曾遭到無情的鬥爭，在一九五六年去世，據說係自殺而死。

領袖人物趙世炎

趙世炎四川秀山人，短小精悍，性格活潑富幻想，喜慕遊俠人物，他隨勤工儉學學生來法國之後，在麥南工業實習學校讀書，補習法文並實習鐵工，因讀書生活枯燥，不到三個月即返回巴黎。在巴黎與陳延年、陳喬年兄弟攪在一起，後來中了莫斯科第三國際的毒，與陳延年共創社會主義青年團於巴黎，活動力甚強。後共產黨旅歐總部成立，他與周恩來及陳延年為負責人，共黨創少年報，他負責印刷，幾次鬥爭鬧事，他都是帶頭人。

在共產黨人大鬧里昂中法大學時，他為學生代表、負責與吳稚暉及里昂市長赫里約交涉，並對法國新聞記者發言，照片數度見於里昂報紙，一時聲名大噪。他本來也是被遣返的份子之一，因耍了一點小手段而被留下來，但受到周恩來的責怪，認為是共黨的一大挫敗。

後來趙世炎因甚獲第三國際俄共代表所重視，民國十一年夏，奉命赴柏林，旋往莫斯科受訓。民國十三年返國，在北方主持中共黨務，在革命軍北伐時主持北方工人運動，很有組織能力，民國十七年進行清黨時，他在上海被捕正法，當時年僅三十多歲。

陳氏兄弟命運相同

陳延年、陳喬年兄弟；安徽人，陳獨秀之子，民國八年相偕到法國勤工儉學，陳延年身體結實，精神飽滿，生性外向，談笑風生。陳喬年則較內向，溫良恭順、文質彬彬，兄弟兩感情極好，甚少爭執。最初他們都醉心於無政府主義，常與無政府主義者往來。後來陳延年可能受其父陳獨秀之命，而在法組織社會主義青年團，與趙世炎同為負責人，民國十一年七月他與在上海的中國共產黨取得連繫，並在第三國際支持之下，成立旅歐總部，以陳延年、周恩來、趙世炎為負責人。

後來兩兄弟返回上海，繼續從事共產黨活動，民國十六年陳延年被捕，旋即正法。據說當時如果陳獨秀肯請吳稚暉出面說情，或可免死，但陳獨秀有些負氣，而把兒子送入枉死城。陳喬年後來也被捕正法，而陳獨秀在共黨幫內，雖地位甚高，但受毛澤東排擠，最後被捕，失去自由，後憂痛交加鬱鬱而死。他父子三人在共黨最艱困時，為共產黨送上了三條命。

陳毅軍事兼外交

陳毅四川人，民國八年隨勤工儉學赴法，亦在蒙達爾尼中學進修法文，在共產黨人的大力爭取下，加入了共產組織，但並不很活躍，打手一類的人物而已。主要的原因是陳在共黨份子中資歷與知識均淺，像徐特立在國內已是老師，並獲時譽。蔡和森、李維漢早在湖南一師畢業，並為共黨前身新民學會之發起人，實際上已是共產黨員了。周恩來留日且在南開大學肄業，原為學生運動健將。至於趙世炎、鄧小平雖與陳同為同鄉同輩，但活動力較陳為強，在這種情況下，陳毅很難脫穎而出了。

陳毅因參加里昂中法大學鬧事事件，而被遞解遣返，返國後繼續在北平之中法大學就讀，並參與共產黨活動。後在新四軍工作，以致成為共黨新四軍之軍頭。毛政權成立後，與饒漱石爭權，敗下陣來，出任周恩來手下的外交部長，在文化大革命時，亦慘遭紅衛兵修理。

陳毅在法國住的時間雖不長，但對玩女人很感興趣，在他為新四軍軍頭時，在上海與越劇皇后袁雪芬勾搭上，成為袁之入幕之賓，後來陳雖貴為中共上海市長，也無法把袁納入正宮，這段風流案也就不了了之。

陳毅在做外交部長時，赴印尼與蘇卡諾結交，在重要會議場合，陳毅不顧外交禮儀，大打瞌睡，記者攝下這珍貴鏡頭，刊諸報端，而騰笑國際。

地主之子聶榮臻

聶榮臻四川江津人，他的祖父與父親都是當地的大地主，他在重慶第一中就讀時，結識了一些思想激進的同學，漸漸對四川的封建落後感到厭惡，民國九年放棄了大少爺的身份，參加勤工儉學去了法國。

聶榮臻亦在蒙特爾尼中學補習法文，雖然為共黨份子所吸收，加入組織，但在活動上並不積極參與，用功頗勤，是一有心向學者。

聶亦參加里昂中法學院事件，亦列入遞解遣返之列，但聶中途脫身，離開法國而轉往比利時，並進入沙勤洛勞大學讀化學工程，用功亦頗勤。後來共黨旅比支部成立，他與何長工為比利時地區負責人。

一年之後又赴法國在克魯索兵工廠和雷諾汽車工廠工作，這也許是共黨鍛鍊他的階級立場，因為他有地主家庭背景。

他既成為共產黨，為了工作需要，奉派赴莫斯科學習軍事，後進入蘇聯紅軍大學深造。

聶榮臻從蘇俄返國後，一直在中共軍中擔任重要工作，是中共重要軍頭之一。毛政權成立後，被任為副總參謀長，代行總參謀長職務。民國四十六年當上國務院副總理，並任科學規劃委員會主任，本著「不穿褲子也要核子」的精神，發展國防武器，頗有成績。後擠進中央政治局擔任委員。但在文革期間，仍無法過關，遭到紅衛兵的鬥爭羞辱。

李富春蔡暢夫婦

李富春與蔡暢，他倆是一對政治夫妻，都是早期留法勤工儉學的學生，後來都成了紅朝的權貴。

李富春湖南人，民國八年隨勤工儉學來法，因同鄉關係與蔡和森、蔡暢兄妹及李立三交往密切。李抵法後，看到巴黎這花花世界，不免尋花問柳一番，因花柳之病，身體很孱弱，在法也不很活躍。返國之後，與李立三混在一起，當李立三路線被任為是盲動主義，被毛澤東一干人和第三國際合力打垮之後，同李立三一齊被送往蘇聯受訓，一留就是十多年，直到民國二十三年才被派到東北，從事地下工作，是中共政權之中屬於國際派的份子。

毛朝成立，他是東北人民政府第一副主席，名位不及高崗，但權力頗大。高崗被毛鬥垮之後，李富春也只有以經濟專家的身分，在毛朝任事了。因其走國際路線很看不起毛澤東，因此與毛之間一直不太融洽。

蔡暢是蔡和森的妹妹，因蔡和森一同與母赴法移家就讀，到法後與母親同住蒙達爾尼，其母以刺繡自食其力，蔡暢則在女子中學補習法文，由於貌醜，終日默默無言，有不勝自卑之感。其兄與向警予戀愛，她也與其兄湖南一師同學歐陽澤發生關係，後來有了結晶，以難產開刀，幾乎喪命，而胎兒也未保全，後歐陽澤以肺病去世，李富春則成了入幕之賓，後來結為夫妻。

蔡暢回國後，一直從事婦女運動工作。民國十七年被中共派作婦女代表，前往莫斯科參加第三國際六次大會，接著就留在蘇俄接受訓練。

毛朝成立後她與周恩來的老婆鄧穎超、朱德的老婆康克清，同為紅朝婦女界領袖，從事婦女運動，但以蔡暢風頭最健。但在毛妻江青竄起，大搞文化大革命及四人幫時，蔡暢又相形見拙了。

三湘才女向警予

中國女性加入共產黨者，應以向警予為開山始祖。她是湖南漵浦人，長沙古福田女子師範學校畢業，出身書香世家，端莊清秀，在校學品具優，真可謂才貌雙全。在她在女師畢業之後，後任漵浦小學校長，辦學成績斐然，在鄉聲譽亦甚佳。民國八年她與同學熊彩光、蔡暢等赴法勤工儉學。因蔡暢關係與蔡和森相接近而相戀，每日言必和森，行必相偕，不避人耳目，卿卿我我熱情之至，後來留法同學都得到一張油印文告，名曰「蔡向同盟」，內容在宣傳他們的戀愛，係柏拉圖式，是為國家、為世界、為人類的神聖戀愛，不同於一般俗流、一時在留法同學間都當做笑話談論。

她與蔡和森因里昂中法大學事件，被遞解回國，這時她與蔡已有一個小孩，因係共黨偏激份子，回到家去父母兄弟不敢收留，對她偏激言論，更是不能諒解，她只有與蔡和森參與共黨活動下去，處境非常艱困。最後終在武漢被捕槍決，識者無不憐惜。向警予出身良好家庭，讀書知禮，才貌雙全，若不去法國留學，即使沒有好的成就，但為人妻、為人母，有個幸福家庭沒有問題，偏偏去了法國，結識了蔡和森，弄得苦頭吃盡，最後不免走入枉死城。但也算求仁得仁，不負三湘才女之名。

四、鄭毓秀與蔣碧微

談到早期留法女性，有二人卓然不群，且旗鼓相當，互映成趣；一是廣東籍之鄭毓秀，一為江蘇籍之蔣碧微，二人留法時期大致相同，同具開朗豪放之性格，同樣有孟嘗君之風，座上客常滿。不過前者豪放而帶俠氣，相與往還者，多為政界人物；後者雖豪放仍有閨閣氣，相與往還者，多為一般窮留學生。前者嫁一不相若之魏道明，而白頭偕老。後者嫁一匹配相當之徐悲鴻，而竟中年仳離。造化弄人，所謂愛情、婚姻實在是變化無常。

鄭毓秀出身華僑世家，與汪精衛夫人陳璧君情況相類似；早年留學日本，參加革命，據說汪精衛與黃復生行刺攝政王時，鄭擔任運送炸藥至北平的工作。民國成立後，認為革命工作已獲成功，乃遠走海外，最後赴法留學。

根據各項資料顯示，自民國十年以後，留法勤工儉學運動漸趨消沉，來者無多，回國者不少，但在北伐前後，黨員從政者出國留學之風，風起雲湧，這些人功在黨國，大多享有公費，巴黎人文薈萃，以此為留學之地，不失為最佳選擇；鄭毓秀、方君瑛、曾醒則為此中之代表。

鄭毓秀早年參加革命，大家尊為巾幗英雄，她個性豪放，善於交際，因此社會關係甚好，在巴黎生活亦頗闊綽，家中客常滿，一般中國女留學生常來往不談，一般政界人物亦常過訪。她因是華僑新生代，英法文均甚通曉流暢，書寫無礙，但中文則只能說不能執筆，深以此為苦，因此在巴黎，則請周太玄為之教讀中文，並提筆代寫書信。周氏離法返國後，由彭襄職代一段時間。後來彭襄赴里昂，則介紹李鶴齡擔任。李氏為四川人，年少活潑，擅文字，口齒伶俐，曾在華法教育會擔任文書工作，教鄭毓秀中文並擔任文書工作，自能勝任愉快。不料李參加了共產黨，有一天北洋政府駐法公使陳籙來鄭氏寓所拜訪，離去之時，剛坐上汽車，李從後連發數槍，但因槍法拙劣，沒有射中目標，陳籙一場虛驚，怒不可遏，鄭毓秀也尷尬萬分。李被拘捕之後，受審時慷慨陳詞，指責北洋政府賣國，陳籙為賣國賊之一，殺之為國除奸。留法學生大為同情，而予聲援，除探監慰問，餽贈有加外，並聚資延聘律師為之辯護。陳籙不欲犯眾怒，乃表示不加追究，法庭乃判監禁一年，驅逐出境了事。

鄭毓秀在巴黎與于格勒魯夫人交好，該夫人為美國籍，其丈夫為法國國會議員，多金而好客。當時來法之女子勤工儉學學生，有三十餘人，因家庭學費接濟不上，公費又無著落，一時生活困迫。經鄭毓秀交涉說明情況，慷慨的于格勒魯夫人，發揮高度愛心，每月各給以三百法郎，並按期由鄭毓秀發給；連共產黨人如蔡暢、向警予均受其惠，有的人受此惠贈達三年之久。于格勒魯夫人慷慨好義，固然令人敬佩，而鄭毓秀之奔走交涉，亦厥功甚偉，成為留法之一段佳話。

鄭毓秀在法獲得法學博士後，返回上海擔任司法工作，風頭甚健；後來嫁給魏道明先生，魏氏在政界一帆風順，擔任過台灣行政長官、駐日大使及外交部部長等職，鄭毓秀嫁為魏家婦之後，未再出任其他職務，與魏白頭偕老，可謂獲得理想之歸宿。

蔣碧微出身江蘇宜興名門，家道富有，為一千金大小姐，容貌姣好，婀娜多姿；徐悲鴻在宜興初級師範擔任繪畫教席時，常為蔣家座上客，深受蔣父的看重。後徐與蔣相戀，當時蔣碧微已名花有主，因欣賞徐悲鴻之才華，乃冒險逃婚，與徐悲鴻效紅拂李靖之韻事，也來了一個私奔，先赴日本。後來徐悲鴻申請到官費，乃共赴法國巴黎。

徐悲鴻與蔣碧微夫婦是隨第一批留法勤工儉學學生，由上海搭船先赴倫敦，再轉巴黎；當時同船的有九十多位留學生，蔣碧微穿著入時，儀態萬方，同船的人都驚為天人，對徐悲鴻之豔福無不羨慕。

蔣碧微到達巴黎後，留學生沈宜甲予以接待，對蔣碧微之年輕貌美，風情萬種，亦讚不絕口，認為蔣碧微為留法學生，實為中國人爭光。因當時留法女性，貌有美者，而身材不高；而蔣碧微二者兼之，且落落大方，如與法國女性相較也不多讓，致沈宜甲有此言出口。

蔣碧微初到法國，乃入學校學習法文，並乘機到處遊覽，她與徐悲鴻租公寓居住，因好客愛熱鬧，成為當時留學生常去之所。當時謝壽康、徐悲鴻、張道藩等還組織「天狗會」，蔣為天狗會之「壓寨夫人」，為留法生活添了不少情趣。

蔣碧微與徐悲鴻之結合可謂突破禮教藩籬，得之不易，理應珍惜。不過徐悲鴻為名士派、藝術家，行事不理俗流；而蔣碧微個性豪放，有一班男士推崇，自視甚高，兩人結合日久，難免有所扞格。後來徐悲鴻熱戀學生孫多慈，胡亂登報，而使兩人婚姻破裂。孫女士道德觀念甚重，嚴拒這份感情，但也難挽他們的婚姻。徐悲鴻的友人，曾向他獻計，叫他私下向太太表示悔意，像戲台小生下跪無妨，夫妻床頭打，床尾和，如此一來也就好了；但徐悲鴻不肯那麼做，當然也無法復合了。

後來徐悲鴻與湖南女子廖靜文結婚，並由呂斯百作調人，雙方協議離婚，蔣碧微則始終未再另嫁。但與張道藩的情事，國人多知。

蔣碧微在大陸變色時來到台灣，晚年曾在皇冠雜誌寫回憶錄，對其一生經歷都交代得很清楚，文筆很流暢，不愧為留法才女。

五、傑出畫家徐悲鴻

徐悲鴻是留學法國最享盛名的大畫家。

一般畫家似乎都有一些個性，在立身處世上總與眾有些不同，徐悲鴻也不例外。據說，在徐先生畫室裡，他經常掛著一幅對聯，是「獨採偏見，一意孤行」，橫額是他的畫室室名「應毋庸議」，這十二個字，雖可能是遊戲之作，但多少顯示出他憤世嫉俗的藝術家性格。

以徐悲鴻的個性，與共產黨應是格格不入的，但在北平淪入中共之手前，他是國立北平美術專科學校的校長，雖知中共來不會有好日子過，但無法擺脫一切，只有聽天由命一途。當時他在致友人書中，曾有「弟處此四面楚歌，聽天由命，無可善法也。」之句，足可見其處境之艱難與無奈。其後中共改北平美專為「中央美術學院」，隨後又被派赴捷克參加「保衛世界和平大會」，頗受重用。自歐返國後，即患半身不遂，呻吟床笫，數年來未能執筆作畫，信札亦由其委廖靜文代筆，其痛苦可想而知。最後終於民國四十三年九月逝世，得年五十九歲，亦可謂英年早逝。

徐悲鴻，江蘇宜興人，他的父親徐達章能詩且工書畫，生了三子三女，一家八口全靠達章先生賣字為生，家計自然艱苦。徐悲鴻為長子，刻苦讀書，頗有所成，為了負擔家計，在宜興初級師範教授圖畫；並在彭城中學、始齊女學兼課，在宜興初師教書時，認識了他以後的太太蔣碧微，雙方產生了感情。

徐悲鴻教了兩年的書，便跑到上海意圖進修，但是生活問題不易解決，後來看報得知哈同花園公開徵求倉頡像，徐氏畫了一張去應徵，獲得錄取。哈同花園的總管姬覺彌約他去面談，深獲賞識，就此請他擔任園中美術指導工作。姬氏認徐悲鴻為可造之材，聽說他有意赴法留學攻研美術，乃供給一切費用，讓徐氏進了震旦大學法文專修科，先學好法文。

徐悲鴻在上海認識了發起公車上書及戊戌政變的康有為先生，康眼界甚高，目無餘子，對徐悲鴻則很欣賞，收他為弟子。徐常去上海新聞路辛家花園康氏寓所受教。

徐氏來上海後與蔣碧微暗中來往，後來得知蔣女對婚姻不滿，而徐氏又有意赴法留學，乃約蔣碧微私奔，以便共同赴法。不巧的當時為民國六年，第一次世界大戰正在激烈進行中，由上海到法國的航線不通，於是雙方無法去法，而去了日本。

徐悲鴻與蔣碧微在日本住了半年多，錢花的差不多了，又從東京回到上海。回到上海，徐悲鴻再去拜見康有為，康先生認為歐戰正酣，既不能登程赴法，最好還是先去一趟北平，看看能否弄到一個官費，他為徐介紹了幾位在北平的朋友幫忙。

徐悲鴻夫婦到了北平，即去拜訪當時的教育總長傅增湘，獲得了一個官費名額，不過還須等待航線開航通船，才能以官費生資格赴法。

民國七年十一月，第一次世界大戰結束，徐悲鴻再去見傅增湘，傅總長立即派徐悲鴻以官費生資格赴法留學，發給治裝和旅費等。

徐悲鴻見如願以償，乃與高采烈地與蔣碧微回到上海，徐悲鴻除謝謝康有為外，還去拜訪姬覺彌總管，向他辭行，姬總管送了三千元的程儀，並答應每月匯寄三百塊錢的生活費用，後來似乎並沒有履行此一諾言。

徐悲鴻是在民國八年三月，同其夫人蔣碧微搭船赴法的，同船的為第一批勤工儉學留法學生九十三人，由高魯先生帶隊。

客船的終點站是倫敦，這批學生下船後，由留英的中國同學來迎接，暫時住在英國學生會，吃飯之前留英同學講解進餐禮儀，刀叉不能叮噹作響，喝湯不能呼呼發聲，並作示範，第一道為湯，一開動即唏哩呼嚕之聲大作，使接待同學大感尷尬。推究原因，是這批勤工儉學生多來自四川、湖南、湖北，出國之前從未離開過家鄉，更沒有吃過西餐，在家的老習慣改不了，乃把洋相出到外國去。

第二天徐悲鴻與這批留學生渡海到達巴黎，開始了法國的留學生涯。

徐悲鴻在國內法文已有基礎，因此順利的進了法國國立藝術學校，在進藝校之初，先生在素描班畫石膏像，平時都是自己臨摹，每星期三、六才有教授到班上看進度，並且加以解說、批評修改。畫素描的期間沒有限制，如果教授認為程度夠了，就可以升到模特兒班去畫人體。模特兒有男有女，每週更換，經過了這個階段，再從名師學畫油畫。徐悲鴻在赴法之前，繪畫藝術已有相當造詣，入學後更是廢寢忘食，潛心攻習；他每天上午都在學校繪畫，下午學校沒有課，便去私立研究所去畫模特兒，或到各大博物館去欣賞珍品。

徐悲鴻既有根基，再加努力，很快的完成素描和畫模特兒兩大階段。那時法國藝術學校聘請的教授，都是當代大師和著名畫家，學校設有許多大畫室，每一間畫室聘有一位名家教畫，而畫室冠以教授名字。徐悲鴻對佛拉孟極為崇拜，便選擇他的畫室學習。

法國最高藝術學校，進去較容易，畢業則很難，藝校正式學生，一定要經過理論科目如解剖、透視、美術史等考試及格才算結業；而徐悲鴻是當時中國學生唯一通過理論考試的人。

在巴黎當時有一位大畫家達昂，徐悲鴻對他極為崇敬，很想拜在他的門下，只是苦無機緣；最後他不計一切登門拜訪，拿出自己的作品請他指教，果然獲得達昂先生的青睞，收他為入門弟子，以後每星期天便到他的畫室去聆教。

徐悲鴻雖然學畫有成，但是國內軍閥割據，時局不穩，官費時斷時續，最後竟毫無消息了。徐悲鴻沒辦法，就替書店出版的小說插圖，蔣碧微做點繡工，但所獲無多，最後實在維持不下去，徐悲鴻就在民國十四年先行回國，在法國留學前後約六年之久。

徐悲鴻學習西洋畫，造詣甚深，回國之後，從事國畫創作，將西畫溶入國畫，自成一派，並以畫名滿天下，文章書法，亦為世所珍。

民國廿三年，徐氏赴廣西，李宗仁、白崇禧、黃旭初均甚敬重禮遇，聘為廣西省政府高等顧問，並籌辦廣西藝術館，委徐悲鴻主其事，徐氏為他們繪「廣西三傑圖」油畫巨幅，李白黃三人馬上雄姿，凜凜然有生氣，見者無不稱為傑構。

後來徐悲鴻與蔣碧微在感情上發生裂痕，在徐悲鴻苦戀學生孫多慈之後，更是破裂到無法縫合的地步，兩人乃告分居，做有名無實的夫妻。直到太平洋戰爭爆發，徐悲鴻在桂林結識湖南女子廖靜文，聘為秘書，朝夕相見，由主僱而情侶，最後結婚，才與蔣碧微協議離婚。二人有一子一女，其子原赴成都讀書，後投筆從軍，其女則由蔣碧微撫養。

徐悲鴻在重慶得朱家驊之助，創辦中國美術學院於盤溪，抗戰勝利後，又被任為國立北平美術專科學校校長，中共佔領北平後，其狀況已如前述。

徐悲鴻為我國不可多得之藝術家，出身貧家，歷經艱困，留法回國之數十年間，目睹時艱，傷心國事，輒將憂憤寄託於作品之中，故其畫材之深實盡致，題詞之寄意深遠，常使觀者興熱烈悲壯之感，他名為「悲鴻」亦有甚深之寓意，八大山人生於亂世，署名「八大」有哭字之形象，與「悲鴻」二字之寓有同工之妙。

六、張道藩留法生活多姿采

留法前輩張道藩先生，是在民國五十七年六月十二日在台北去世的。他生前擔任過黨政各項重要職務，同時也是文壇先進；因為他一生獻身黨政，並領導全國文藝界，位崇事繁，對他留法所學的本行「美術繪畫」，不得不冷落一旁，因而沒有成為大畫家。對這位留法專攻繪畫的前輩而言，當不無一絲的遺憾。

在留法前輩中，張道藩先生有三項經歷與成就，為留法後輩所樂道；第一，他擔任過九年的立法院長，並為文藝界的龍頭，在所有留法傑出人物中、在政治、文藝界的成就，以他最高。第二，他到法國不久就娶了一位法國太太，並且婚姻維持四十多年，這兩樣都不易做到。第三，他是天狗會的會員，代表了留法學生生活的情趣，使他的留法生活過得愉快充實。

張道藩先生貴州盤縣人，幼年接受私塾教育，民國成立後才接受新式教育。民國五年他離開家鄉，隨其五叔到達北平，入南開中學就讀。民國六年十月輟學，在包頭做事一年多，民國八年秋又回南開復學。這時李石曾與吳稚暉先生提倡留法勤工儉學，他在南開聽了吳稚老的演講，並登門向稚老當面請教後，決心參加勤工儉學的行列，到法國去留學。

參加留法勤工儉學，要在上海候船，這時國父孫中山先生正在上海，道藩先生乃會同勤工儉學學生請求晉見，意外地獲得允許與安排，他們會見了這一代偉人，並獲得勉勵，也種下了日後他參加中國國民黨的基因。

民國八年十一月，道藩先生隨同第二批勤工儉學的學生，乘一艘貨輪由上海出發，赴法留學，途經倫敦。

船行四十多天，直到民國九年一月才到達倫敦。留英的同學接待他們，並告訴他們目前在法勤工儉學情況不佳，如經濟許可，最好留在英國設法讀書。道藩先生經濟情況尚可，乃留在英國就學。

道藩先生在英入了私立維多利亞公園學校，所受的是英文補習教育。英文補好了，乃於民國十年考入倫敦大學美術部思乃得學院專學美術，並選定繪畫為正科，裝飾畫為副科。

在倫敦他與傅斯年經常在一起，雙方建立了深厚的友誼。後來認識了另一留英學生劉紀文，要介紹他加入中國國民黨，道藩先生最初頗為猶豫，後來邵元沖先生來到倫敦，再加鼓勵，乃於民國十二年正式加入中國國民黨。在他策劃下，恢復了倫敦支部，當選為評議長，與華僑所組的工商學共進會密切連繫，積極發展在英的黨務。

民國十三年，道藩先生在思乃得學院畢業，九月轉赴巴黎，入了法國國立巴黎最高美術專門學校繼續學畫。學校管理鬆懈，要靠學生自動自發的去學。在此期間道藩先生參加法國一年一度的沙龍展，有三張作品入選，這是很不容易的事。

民國十五年六月，道藩先生由法國返回上海，接著即赴廣州。當時劉紀文為廣東省農工廳長，請他擔任祕書，後來並代理廳長職務。該年十月下旬，奉派赴貴州籌備黨務，幾乎被軍閥周西成槍斃。後脫險回到上海，於十七年任中央組織部祕書並兼南京市府祕書長。十九年十二月轉任浙江省政府委員兼教育廳長，任職僅一年多而離職。道藩先生自民國廿一年至廿六年抗戰前夕這段時間，歷任交通部、內政部常次，以及中央文化事業計畫委員會副主任委員等職，在此期間，提倡戲劇及文藝工作，亦有建樹。民國二十七年道藩先生又出任教育部常次，二十八年調任中央政治學校教務主任，三十年因表現優異而升任教育長。卅一年奉命積極推展文化運動；十一月任中央宣傳部部長，並兼中央文化運動委員會主委。三十二年調任中央海外部長仍兼中央文運會主委，續為拓展文化事業盡力。三十三年辭去中央海外部長，專任中央文運會主委。三十七年當選行憲第一屆立法委員。民國三十八年政府遷台，道藩先生出任中廣公司董事長、中華文藝獎金委員會主委，並促成中國文藝協會之成立，擔任常務理事。民國四十一年出任立法院院長，一任九年，至民國五十年二月辭職，辭職後雖健康不佳，仍經常出席常務會議及各項文藝推展工作，他經年辛勞終於在民國五十七年六月去世。

筆者所以把道藩先生自法留學歸國後的黨政經歷，細加介紹，主要在凸顯他在黨政方面的成就，尤其在抗戰前期，他的職務變動快速，可說不到一年即有遷調，由此可見他具有多方面的才能，以及層峰對他的信任與賞識。陳布雷先生與他交誼甚厚，曾以遊戲筆墨送他一副對聯，傳誦一時。上聯為「交通、內政、教育、一次、二次、三次；是何其次也，其真萬不得已而求其次？」下聯為「革命、著書、作畫，心長、才長、藝長；既莫不長矣，何妨一場括子盡其所長！」這一聯實在很傳神的道出了道藩先生的部份經歷與所長。雖為遊戲之作，不愧為名家手筆。

再談到的是道藩先生在感情與婚姻方面的經歷，亦很突出。留法學生與法國女子談戀愛、同居，都是司空見慣的事，但正式結婚的則不多，結婚後而能將婚姻維持很久的更少；原因是法國女性本來就較開放，種族觀念亦不深，一見鍾情或日久生情的情事發生，是很自然的。但法國女人性多善變，相戀同居一陣子，可能就告分手，亦不願有婚姻之形式。有的結婚了，因文化背景、生活習俗不同，往往不能長久，此種情形與事例，實不勝枚舉。但道藩先生在到達法國不久，在一次聖誕節舞會上認識了一位叫做素珊的法國小姐，兩人一見鍾情，素珊小姐美麗大方、活潑可愛，雙方感情進展得很快，許多朋友都為他們高興，認為是一對理想情侶。

不過在這時的道藩先生，除了法國小姐素珊之外，感情也有糾葛。在巴黎與他住得很近，時常與他來往的一位魏小姐，對他產生了感情。同時他心中又有另一位驅散不了的女人影子蔣碧薇。他一人的感情周旋在三個女人之間，其愛情的煩惱是可想而知的。就因為這樣，他必須快刀斬亂麻，因此在其好友謝康壽的出面說媒下，就與素珊小姐訂了婚。訂婚儀式在巴黎萬花樓飯店舉行，除女方父母親友外，劉紀文、羅家倫、謝康壽、徐悲鴻夫婦等都應邀參加。道藩先生並為素珊小姐起了一個中國名字叫郭淑媛。

民國十五年道藩先生決定回國，素珊小姐信誓旦旦的表示等他的迎娶，非君不嫁，等等幾年也無妨。道藩先生是一位很信守盟約的君子，民國十七年八月把素珊小姐接到上海，九月二日在上海滄州飯店舉行婚禮，當時蔡元培為女方主婚人、陳果夫為男方主婚人，周峻、顧樹森為證婚人，完成了這一對異國情鴛的終身大事。

素珊女士出身在法國的良好家庭，很有教養，成了張夫人之後，亦極賢德；他們婚後住在南京，道藩先生貴州的家人也來同住，一下子變成大家庭，素珊女士上對公婆，下對小姑，都很周到。同時道藩先生為公務而忙，甚至在感情上有時出軌，她均能承受，實在不容易。例如道藩先生與蔣碧薇的婚外情，風風雨雨，她焉能不知。

道藩先生與素珊女士生有一女，名叫愛蓮。民國三十八年大陸撤退之前，張夫人的姐夫米勒在高雄港務局工作，她姐姐及母親都住在高雄，故張夫人提早攜女來臺灣與姐母同住。同年八月高雄港內輪船爆炸，米勒夫人受傷，不久米勒在澳洲謀到新職，便舉家前往澳洲。張夫人認為當時局勢不佳，也攜愛女及幼妹前往澳洲與姐母同住，這樣一去就是十年，直到四十八年一月，道藩先生赴澳洲探親後，才於次年四月一家又在台北團聚。

道藩先生於民國五十七年去世之後，張夫人又離國僑居海外，兩三年前有返國之行，記者訪問她，她果決地表示，她世世都為中國人，並以為中國人為榮，令人聽了非常感動。

道藩先生與素珊女士的結合，實在為異國婚姻譜下很美的樂章，實在很值得稱道的，這也是道藩先生留法的一項了不起的成就。

至於天狗會，是道藩先生到巴黎後，參加的一個小團體，主要成員是：老大謝康壽、老二徐悲鴻、老三張道藩、老四邵洵美、軍師是孫佩蒼，郭有守為「天狗會行走」、蔣碧微則戲稱為「壓寨夫人」。天狗會除用全名時可用「狗」字外，其餘一律忌用「狗」字或同音，都要以聖字代替，以表示尊崇。所有規定均很幽默，為人樂道。

在英國和德國，天狗會都駐有「狗公使」，並經常選派「狗代表」前往考察這兩個國家的「狗種」和「狗性」。

天狗會雖然是他們幾個意氣相投的人，所成立的「玩笑組織」，但在這裡面也有幾層意義：第一，是代表留法學藝術者的浪漫情調，增加了留學生活之情趣與情誼。第二，當時在法國有許多留學生及華僑社團，都含濃厚政治意味，並大爭領導權，共產黨、青年黨也均有爭取黨員的活動，此一組織不涉政治，多少有些反諷意味。第三，對我駐外人員的種種表現感到不滿，由此來戲謔一番。

事實上天狗會在道藩先生未來法之前已有此組織，道藩先生來了之後，更加熱鬧而已。至於老大老二之排行係天狗會核心人物的口頭安排，並不是很正式的，天狗會也並不限於以上五六人。

總之，道藩先生的留法生活是多采多姿的，常為留法後輩所豔羨，筆者簡略的寫出來，當可增進後輩對道藩先生之瞭解。

七、謝冠生獻身司法四十年

在留法前輩中，曾任司法院長的謝冠生先生，一直是留法後輩所樂道，所景仰的人物。他於民國六十年十二年廿一日去世，享壽七十有五，當時朝野哀悼，先總統蔣公誄以「清慎垂勳」，這是對他一生勳業最恰適的論定。

謝冠生先生浙江嵊縣人，三歲喪父，自幼事祖父母及母親至孝。且天資敏悟，好學不倦，年十八歲，剛在高中畢業之後，偶然在圖書館中見到商務印書館的辭源樣本，發現有若干處錯誤，乃投書商榷。主編深為讚佩，便聘他參與辭源及中國地名大辭典的編纂工作。第一天上班，「英雄出少年」，一時館中老師宿儒無不驚異。

謝氏在商務印書館工作三年，學識大進，乃入震旦大學攻讀法科，仍兼事著述，編有模範法華字典，至今仍在流傳。

謝氏是於民國九年間赴法留學的，他是為商務書局編妥法華字典，有了一筆相當數目的稿費收入，作為留學費用後，方成行的。因編字典，所以對法文與中文，均能有極大的進步。

謝氏赴法之後。進入位在拉丁區的巴黎大學專攻法律，該校即以後慣稱的蘇朋大學，由於他對法文與法律已有深厚的基礎，在校心無旁騖，一心一意地唸書，故學業進行得非常順利。民國十三年以「中國法制史」通過巴黎大學的博士論文，獲得法學博士學位，是中國人在法國最早獲得法學博士的少數人之一。

民國十三年，謝氏於獲得博士學位後，即返國在吳淞中國公學任教，擔任國文及國際公法的課程。留法前輩阮毅成，在其出版的「前輩先生」一書中，對謝冠生有以下之描述：「在我未入中國公學大學部以前，有一天，先父對我說：『今天有一位謝壽昌君來訪，他是嵊縣人，新從巴黎大學畢業回國，並承其博士論文一冊見贈，暢談之餘，深感其學識淵博，態度溫文，而且言辭極有條理，論事甚為明晰，日後必可擔當國家的大任，有所作為。』因此我在上完

第一堂課之後，便向謝先生自報姓名，他也欣然地與我談了些話。此後兩年中，我得到他的教益很多。而他每次對我的試卷。均給予很高分數。我從謝先生受業時，他每次皆只手持粉筆一支，走上講台，從不另帶參考書籍。他一面講，一面寫黑板，記下來就是一篇極有條理的好文章。」由阮先生的記述中，可見謝氏學問淵博之一斑了。

民國十五年冬，謝氏參加國民政府工作，在外交部擔任祕書，這是他從政的開始。在外交部祕書任內，埋首工作，表現甚佳，深獲倚重，一度代理部務。這段時間，主持收回漢口、九江英租界，對後來的修訂新條約，具有不少貢獻。

由於謝氏的專長乃在司法，民國十九年四月出任司法院祕書長，自此即未離開司法崗位。在他四十年的司法生涯中，對國家有不少的貢獻，尤其促使司法獨立，以及致力於取消外人在華領事裁判權，為中國奠定了民主法治之基礎。

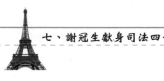

民國廿六年八月謝氏任司法行政部長，中國司法在民國廿六年之前，其一審之裁判權，始終由縣長兼理，當時由縣府承審員，秉承縣長之命審判案件，

其判決書經由縣長批准，始為有效，因此當時的縣長握有行政與生殺的司法大權。謝氏出任部長之後，認為司法必須獨立，始能以超然公正立場，保障人民生命、自由、財產之安全。而五權分立，為中國民主政治之特色，司法應與行政權徹底分離，縣長再不能兼理司法。謝氏到任不久，即籌設縣司法處，派任審判官審理民刑案件，縣長則兼任檢察官，使審檢分立，中國的司法審判獨立至此始具雛型。不久，創立各地方法院，使司法制度納入正軌。

中國國土廣大，尤其邊遠省份，更是地廣人稀，因此法院無法普遍設立，使任何當事人不勝跋涉之苦，謝氏為了便民，認為「與其當事人就法官，毋寧以法官就當事人。」乃創立巡迴審判制度，不但使邊遠地區訴訟當事人，獲得了方便，戰區民眾之訴訟案件，亦由巡迴審判而獲得法院之公平處理。

謝氏接掌司法行政部時，正值抗戰方興，中央政府之財政以軍事為主，因此二、三審法院之經費，均由各省政府支付。雖然司法在人事上已獨立，但因受到財政的掣肘，工作推行頗為困難。謝氏有鑑及此，乃排除萬難，向中央爭取預算，使各級法院之經費均由國庫支付。

抗戰時，忠貞司法人員往往撤向大後方，司法行政部對這些撤退之司法人員，均有妥善之安排，並培養新的司法人員，以作抗戰勝利復員之用。當時司法行政部工作之重，可想而知。

中國對外國人的審判，很早就被捨棄，唐律名例即規定「諸化外同類自犯者，各依其本俗法，異類相犯者，以法律論。」但當時對外國人捨棄審判權，是認為他們是「化外之民」，不屑以王法治之。因此在清道光年間鴉片戰爭失敗後，清廷與英國訂立不平等條約，英人在華享有領事裁判權。後來各國均援例辦理，竟使二十二國有領事裁判權。民國成立之後，政府即努力推動取消領事裁判權，到民國三十二年一月，才達到目的。而謝氏在這段時間中，不斷地努力充實中國司法制度，並在重慶設立實驗法院，由查良鑑為院長。因此英美政府在派員考察中國司法時，均至表滿意，取消領事裁判權工作始能順利完成。

謝氏在十一年的司法行政部長任內，除促使司法獨立，致力取消領事裁判權外，並簡化訴訟程序，改進檢察制度，進行公證及法律扶助等制度，並推進邊疆司法、改良獄政、建立律師考試等制度，使中國司法制度逐漸健全。謝氏因在司法行政部長任內表現良好，乃調升司法院副院長，不久即擔任司法院長，在位達十四年之久。在司法院院長任內對政治上的貢獻，重在輔弼憲政，正肅官常，昌明法理，宏揚法治；其深思遠慮，而為國人所樂道。

謝氏位居顯要，但平易近人、接物待人，從未見疾言厲色，並喜歡獎掖後進，助人急難。他對書法，亦頗喜愛，工於隸書，各方人士，爭相懇求，以獲其墨寶為榮。政府遷台後，有求必應，故坊間流傳頗廣。

謝氏一生深具書生本色、生活簡樸，去世前居北市金山街日式官舍，客廳僅四坪大，家事大多由夫人操勞，從未因高位要求在生活上的排場與享受。

謝氏好學不倦，在去世之前，仍手不釋卷，博覽群書；生平著作很多，有《歷代刑法書存佚考》、《戰時司法紀要》、《法理學大綱》、《羅馬法大綱》、《中國法制史（法文本）》、《中國憲法概論（英文本）》等。

在留法的前輩中，早年受無政府主義之影響，學成後多不願為官，謝氏則不以為然，他從事司法工作四十餘年，位居顯要，對國家的貢獻，在位究比在野要多得多，他是後世留法同學的典範。

八、與魯迅打筆戰的蘇雪林

一生讀書、寫書、教書，在卅年代即享文名，並與當時左派文壇霸主魯迅打筆戰的蘇雪林，也是留法前輩，並且兩度留法。她留法的經歷比一般人更為曲折，同時，再由她以文學家的筆觸寫出來，著實動人，而為留法後輩所樂道。

蘇雪林女士本名蘇梅，號雪林，又號綠漪、靈芬、天嬰，後以雪林之號顯名於世。她是安徽太平人，出身世家，畢業於安慶女師，肄業於北平高等女子師範國文科。在女高師就讀時，就與同班同學黃廬隱在報刊刊寫文章，已有文名。她因國文根柢相當深厚，歌府律絕，無一不會，駢散文也很夠水準，但她對新文學的追求，缺少一種熱切，不然在當時的成就或不在謝冰心、黃廬隱之下。

蘇雪林是在民國十年，響應留法勤工儉學的號召而赴法留學的，她的留法經過，在她「巳酉自述」中曾有概略的描述，她說：「在女高師國文系讀了兩年，差一年便畢業（女高師國文系卒業期限為三年），吳稚暉、李石曾在法國里昂成立中法學院登報招生；同班同學林寶權，外文系羅振英，邀我去考。本來是玩笑性質，誰知一考考上了。我父親那時正在北京等差事，認為許多人出洋都沒有機會，妳現在榜上既有名，放棄可惜，遂籌了幾百元的旅費，讓我赴法。我在北京二年，健康始終不能好轉，心想研究文學耗費腦力體力必多，法蘭西原是藝術之邦，我少時也能畫幾筆，何不就此發展，將來作個畫家？做畫家有許多快樂，中國畫家泉石怡情，烟霧供養，每能克享大年，也許我學畫以後，不僅從此擺脫病魔的糾纏，還能藉此多多欣賞自然美景，成為一個陸地神仙呢？

抵達法國里昂為了水土不服，又患了幾場疾病；當時從海外學院到里昂大學附屬的藝術學院，要換幾道電車，還要步行一段路，自揣病弱之軀實不能勝任此苦，何況法語一句不會，買東西、問路都不行，如何能去藝術院學畫？不如在本校上課，將法文弄通了再說。

病病好好，混了幾個月，季節已入嚴冬，里昂是個像倫敦一樣的多霧之區，霧氣太重空氣潮濕，我在重感冒之後，常發輕度的燒，咳嗽得通宵不能交睫，醫生檢查我的肺部，有肺病象徵，不宜居此霧溼之區，應轉地療養。

忽於此時，家鄉傳來噩音，長兄伯山以三十三盛年竟一病不起，慈母悲痛過度，纏綿牀褥，盼我能返國。我哭兄憂母，正陷於極端痛苦之中，得家中召返之信，又引起心靈上嚴重的衝突。來法邦不久，尚未跨入藝術學院的大門，法文也過略知門徑，捨之而去，何年得以重來？不返，則慈母之病，大半由於喪子之痛，小半亦為了憶女，我若回到她的眼前，心中喜慰，病或者會漸漸好轉起來。這樣日夜思量，委決不下，我的病因之加重。醫生警告，轉地療養，勢在必行，否則恐有不測。適同學林寶權申請轉到鄰近瑞士的一個省份讀書，我亦與之同往。那個省份位靠日內瓦湖，地居法境之北，冬季比里昂更冷，但沒有霧，終日麗日當空，氣候乾燥，在那裡休息了半年，有時候也補習幾個鐘頭法文。條息間春去夏來，里昂霧季消逝，寒士如我，雖將海外學院的膳費移來，房租總要自己負擔，療養的事只有結束，又回到白吃白住的海外學院。

回到海外學院為憂母病，日夕悽惶，但青年人之氣究竟旺盛，健康情況頗有轉機，為想隔絕國人，幫助法語的訓練，遷居里昂一家女子寄居宿舍，並到市立女中讀書，另請人補習，我的法文在這段時間裡算有點進步。半年後，入藝術學院習畫。此時，我的婚姻問題又給我帶來莫大煩惱，在國內時祖父為我作媒，許配一個五金商人之子張寶齡，張家原籍江西南昌，寶齡肄業上海聖約翰大學，後赴美留學麻省大學，所習係理工科。我父母見我在法屢召不歸，我在初抵法邦時，曾被別人主動向我進攻，而鬧過一場愛情糾紛，加以我在中學時代在本省薄有文名，安慶一些無聊報紙遂亂造謠言，一會兒說我已和某某同居，一會而又說我向家庭要求解除原本婚約不遂，蹈海死了。使雙親更加恐慌，催歸之信，雪片飛來。我在兩親嚴厲和溫和交迭的攻勢下。又陷入痛苦深淵。一顆心像擱入油鼎。日夜煎熬，最後，竟受宿舍裡一位法文補習班老師之勸，信仰了天主教。海外學院同學得悉此事，反宗教的怒潮又沸騰起來，加我種種篾視及惡意推測，其中激烈分子甚至想予我以殘害，又引起我無上痛苦。

留法三年，一半光陰在病中度過，一半在憂愁、煩惱、矛盾、衝突的痛苦中度過，法文固未學好，畫也未能學成。」

以上是蘇雪林女士自述留法的經過。她是於民國十四年春由法返國的，返國後與張寶齡結了婚，婚後在蘇州基督教會辦的景海女師當中文主任，同時在東吳大學兼課。後來由東吳而安大，最後在名重一時的國立武漢大學擔任教授。

民國十七年，她寫了一部「李義山戀愛事跡考證」，由上海北星書局印行，後來由商務書局出版，改名「玉溪詩謎」。不久。她又寫了兩本散文集子「綠天」和「棘心」，自此，綠漪的筆名響亮起來，她詩樣的筆觸，感動了無數讀者的心靈。

大家都知道，「綠天」中那隻銀色的小蝴蝶，是綠漪的化身，她懷著無比的勇氣冒險飛越大湖，盡情的享受對岸的花香鳥語。而「棘心」就是她的自傳，書中的醒秋、歷盡人生折磨苦難，就是她的不平凡經歷。

她寫作的範圍很廣，她寫小說、寫散文、也寫詩歌，她的著作像「青鳥集」、「屠龍集」、「蟬選集」、「一朵小白花」等，無不膾炙人口。

她對文學理論，也有精闢的見解，她寫的「閱讀與寫作」，是愛好文學青年們必讀的。她又研究文學史，「唐詩概論」和「遼金元文學」，都頗有創見，她研究文化及哲學，又有過「中國傳統文化與天主古教」等著作。

民國廿年以後，左翼文壇上一批「紅色作家」正以魯迅為盟主，大肆叫囂，用威逼利誘的手段收買文人，雪林女士激於正義，揭竿而起，在各大雜誌上與魯迅展開筆戰，力斥魯迅的以偏狹、變態心理所倡的許多論調；其致胡適之先生函，與致蔡孓民先生函，更正確的指出共產黨的陰謀、臚列魯迅罪狀十數條，轟動一時。

她是一位愛國者，在抗戰初期，她將全部積蓄買了兩條黃金，共重五十兩，捐給政府作為抗戰基金。這都是她賣文及教書存下來的血汗錢，這一舉動，使她的朋友與讀者，產生狂熱的崇敬。

抗戰勝利的前一年，她無意間發現探討楚辭的新路線，寫了一本「崑崙之謎」，以後全副心力集中於楚辭研究，別的文章就不大寫了。

抗戰勝利至復原這段時間，她困於疾病，竟達三四年之久。民國卅八年間大陸將陷於中共之手，雪林女士遍嘗艱辛逃至香港，在天主教之真理學會當編輯，次年六月得該會資助，及好友潘玉良、方君璧之勸赴法研究屈原的作品。

蘇女士認為屈原生長的時代，正是亞歷山大勢力膨脹，遍歷歐、非二洲而侵入亞洲之時，當時的小亞細亞、印度、希臘等地許多學者，都被迫逃往中國，而為當時中國四大公子及呂不韋等所收容，外國之學術得以傳入中國。而屈原之作品，可能大受外國學術之影響。其名作「天問」、「離騷」、「九歌」的含意，可能並非如一般學者所推論之「象徵軍法，以芳草美人喻天下大事」，因為這一個新的發現，她開始寫「屈賦新探」一書，在正篇中以她的觀點解釋天問、離騷、九歌等賦，在副篇中討論與屈原有關的許多問題，已寫成「天問裡的三個神話」一書，引證屈原與西洋文學的密切關係，因為在國內研究資料不足，乃於民國卅九年六月赴法從法國漢學家戴密微研究。

蘇女士赴法的旅費，是來自抗戰後數年來的積蓄，在法的膳宿由真理社介紹的東方女子宿舍供給，真理社同時每月給她廿五元美金的費用，但附帶的條件是得為該社寫稿，所以兩年來她寫的多屬宗教性的短文，此外在「自由中國」與「天風」上也常有她的文字。

民國四十一年七月蘇雪林女士自法國返國，應聘為師範大學教授，展開她在台的教書生涯，並常有新作在報刊發表，後來又轉至成功大學任教，直到退休。

退休後的蘇雪林教授，仍住在台南成大教授宿舍，有校工照顧她的生活，許多她教過的學生，常去探望她向她請益，生活倒還平靜，只是眼力因批改學生卷子受損過鉅。使視力減退，很難看到東西。

她天生好靜，平時喜歡和朋友學生討論學術上的問題，她會畫畫，卻不公開展覽，甚至一般人不知道她擅長繪畫，因為她每畫好一幅畫，便收起來。很少讓人看到。

後來，有關方面對年已近九十，著作等身、譽滿杏壇的蘇教授，一直很關懷。有意安排她到台北內湖老人院居住，有專人照顧她的生活，但為她所拒，她仍住在台南。每逢年節，有關方面總派高級人員向她慰問致贈節敬，寵禮有加。

人會蒼老，社會也在變，但後輩們對這位讀書、寫書、教書的老作家、老教授的尊敬與愛戴，卻是永遠不變的，因此蘇雪林的晚年並不寂寞，直到她高齡仙逝，可謂克養天年。

九、有古大臣之風的鄭彥棻

筆者留學法國時，在國家慶典的聚會中，認識了鄭彥棻先生的二女公子雪馨。她是留法先進，學業告一段落後，與一越南籍的華裔工程師結婚，生活過得很好。雪馨女士落落大方，待人和氣，一點沒有高官子弟的驕氣，很受一般留學生的尊敬。

鄭彥棻先生為廣東省中山縣人，雖出身書香之家，但並不富有，因此敦品力學，頗有所成。民國十三年自廣東高等師範畢業，他畢業那年，高師與法政、農業等專科學校合併為國立廣東大學，也就是以後國立中山大學的前身。彥棻先生畢業後由該校校長鄒魯先生安排，在廣東大學附小擔任訓育主任。

民國十四年，國立中山大學校長鄒魯先生，選派第一批十名學生赴法留學，彥棻先生為其中之一。

彥棻先生在其「往事憶述」一書中指出，他到法國時已廿四歲，法國語文的基礎很差，為了學好法文，進入當時四大中學之一的里昂花園中學讀書。該校有特別班，是專門為高中畢業生，準備進法國國立高等師範而設的。花園中學的學生，大部份住校，十幾個人同住一間大房，自早至晚，生活均按一定的時間，非常的規律，管理也很嚴格，他在該校唸了一年，收穫很大。

彥棻先生在法國除了研習語文之外，還決心把研究學問的基礎和研究學問的方法弄好，因此進入國立巴黎大學研讀統計學，並獲得該校法學院統計師學位。

彥棻先生在「往事憶述」中並指出，他在法除了讀書之外，並致力於海外黨務工作，當他民國十五年抵法時，當地中國國民黨員早就分成好幾派，有擁護汪精衛之「改組派」的，有擁護「西山會議派」的，也有些擁護中央的，此外還有共產黨的跨黨分子，真是派系分歧，毫無團結精神。共產分子的分化陰謀，也日益顯露，他們抵達之後，很明顯的使反共陣線佔了優勢。

中國國民黨當年在海外極注重主義的訓練和宣傳工作，各地黨部都有訓練委員之設。里昂支部也設有訓練委員會，現任國民黨中央評議委員專致力三民主義研究工作的崔載陽教授，就是當時里昂支部的訓練主任委員。

曾任我駐聯合國教科文組織副代表的丘正歐先生，於民國十六七年間，在法也與鄭先生共同為黨務工作攜手過，他回憶說：「當北伐成功，國家統一之後，國民黨中央即設法整理海外黨部，力謀統一組織，加強黨的力量，於是指派駐法總支部指導委員十一人，負責整理及統一總支部之任務。而彥棻先生與我個人同被派為指導委員。及後，駐法總支部整理完成，統一組織，我們二人又同任執行委員，並曾同為常務委員。故對駐法總支部組織之統一，基礎之鞏固，黨務之整理發展，實多得力於彥棻先生之策劃與督導。中國國民黨第三次全國代表大會舉行於南京。彥棻先生即被選為駐法總支部代表，回國參加。以後，彥棻先生受聘前往日內瓦國際聯盟秘書處工作，仍兼督該地黨務。九一八事變以後，由於我國之控訴，國際聯盟對日本之侵略我國，破壞和平，一再開會商討處理，我政府亦派代表團前往出席，彥棻先生乃利用其在國際聯盟秘書處工作之便，對我代表團控訴日本，提制裁任務，盡力協助，貢獻良多。」

彥棻先生旅歐前後十年，民國廿四年返國任中山大學法學院院長，廿六年七月抗日戰爭爆發後，便辭去教職，參加抗戰工作。先在宋子文先生手下，擔任全國經濟委員會的專門委員，後又協助宋先生接收國際反侵略會中國分會。並兼中央訓練團的主任秘書。廿九年調任廣東省府委員兼秘書長。以後又調黨中央工作，並於民國三十四年出任國民黨中央執行委員會副秘書長。

卅八年政府遷台後，彥棻先生曾任中央黨部第三組（主管海外工作）主任，後出任僑務委員會委員長、司法行政部長、總統府秘書長等要職。

彥棻先生雖然歷任黨團要職，但自奉甚儉，清廉自持，在外形上有一個與眾不同的「形象」，就是常著中山裝，很少穿西裝；他的住所一直是一棟舊式木造平房，未因多次升遷而改換門庭。客廳的字畫倒是常換，每一幅畫都有一段歷史，很懂得生活情趣。尤可貴的是他雖為顯要，但用功甚勤，迭有著作，他於民國六十八年由正中書局出版「國父遺教闡微」、六十八年由東大圖書公司出版「憲法論叢」，均為專門論著，後又出「景光集」、「師友風義」，和「往事憶述」三書，均為回憶錄之類的文字，對後進尤有啟發性。

彥棻先生一生奉獻黨國，是位令人可佩可敬的人，也是最傑出的留法前輩，他一心為國，勤儉自持，位居顯要，有為有守，實有古大臣之風。

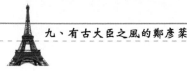

十、阮毅成譽滿士林

阮毅成先生為留法前輩，也是筆者在大學讀書時，「法學緒論」一課的業師，同時他的公子大正與大方，一是筆者要好的同事，一是同窗好友，說起來有多層的關係。

毅成先生二十多歲在法獲得法學碩士，三十幾歲就當了浙江省民政廳長。當年神姿英發、頭角崢嶸，光憑這一點就足夠我們後生小子景仰佩服的；更何況他學問淵博，口才絕佳，不但上課時出口成章，妙語如珠，使學生如沐春風。平常詩文刊諸報章雜誌，亦為學子所誦讀，因此，他可說是一位著作等身，很受歡迎的教授，很受推崇的學者。

毅成先生早年留法的情況，他的兩位賢公子，因知道筆者留法多年，閒談時偶爾道及，但事涉微末，難知梗概，更是遑論詳情了。後在阮先生八十歲生日時，承贈「八十憶述」一書，拜讀之後，才了解到他在法國留學的經過。

毅成先生為浙江餘姚縣人，但久居杭州，出身世家。其尊翁性存先生字荀伯，於滿清末年赴日留學，研習法律，返國後，在杭州任教並創辦私立法政專門學校，後任省議員，以及浙江省政府委員、司法廳廳長等職，一生獻身法政。他對毅成先生督學甚嚴，並希望其繼承志業，乃鼓勵其赴西歐學習大陸法，俾日後能為國用。同時荀伯先生曾幫兩位私立法政學校學生赴法留學，一為浙江永康縣的樓桐孫，一位是東陽縣人郭文禮，二人均學有所成；看到自己學生留學成功，當然更希望自己的兒子也能去法國深造一番。這種種就是毅成先生留法的動機與原因。

毅成先生於民國十六年，在中國公學大學部畢業後，因其父臥病，不能遠行，乃在杭州公立法政學校教書，並在國民日報擔任編輯。但不久荀伯先生去世，他在服喪半年之後，為完成父志，乃有赴法留學之打算，在留學費用上，經其父執輩的幫忙，向浙江私立法政專門學校財產管理委員會，申請到留學貸款，因此得以成行，同時他的夫人亦同行伴讀。

以上所寫為毅成先生赴法留學前的情況，以一個留法後輩來說，其當時的境遇實在令人羨慕；第一，毅成先生學有所成，留學前準備充份；第二，以其家境足可留學，何況又有一筆留學貸金；第三，與夫人同行，有嬌妻照料，可免身處異國之寂寥，這都是一般留法學生所不能望其項背者。撇開早期留法勤工儉學學生不談，以後留法者亦多數事前準備不足，倉促成行，在法生活陷於困頓，學習亦產生困難，若與毅成先生相比，能不生羨慕之情嗎？

毅成先生於民國十七年九月，到達巴黎，先在旅社暫住，後在拉丁區國葬院之後，租一學生公寓安身，該處穿過國葬院，即為巴黎大學法學院，入學讀書至為方便。毅成先生並在書中指出，他不愛西餐，每餐必至附近之中國飯店就食，其規模最大者為萬花樓，另為北京、東方及中華，均為小型者。定食每餐六至七法郎，一菜一湯；約請法國同學或友人，同至中國飯店進餐，為最易交結朋友獲得好感之事。

就毅成先生到達巴黎後，其生活情況，與四十年後筆者赴法留學的情況相差不多，不過當時還有學生旅館及公寓可住，而四十年之後，巴黎居，大不易，留學生多僅能覓公寓頂層工人房安身了，這種房子設備陋，要爬樓梯，唯房租較廉，雜費不多，較為省錢而已，因而同學有「中國留學生距天堂最近」之戲語。拉丁區為巴黎之文化區，毅成先生所居，在國葬院之後，距盧森堡公園甚近，離聖米契路及聖母院也不遠。本區因學生多，故書店、咖啡館林立，中國飯店亦多，毅成先生常去之萬花樓已不存在，但東方及北京、中華等飯店尚存；在中國飯店進食，除一般速食如三明治、熱狗之類不計外，比一般法國飯店要便宜甚多，同時味道也比法國餐館高明，故中國餐館生意甚佳，一家一家的開，在七十年代，拉丁區中國餐館就有數十家，誠如毅成先生所言，請法國人到中國飯店吃飯，是花錢不多，又能獲得友誼的最佳方式。

在七十年代與筆者同一時期的留學生，大都到大學餐廳吃飯。在巴黎大學餐廳甚多，凡在大學註冊之學生，均可領到餐卡，憑餐卡買餐券即可在大學餐廳吃飯。在大學餐廳吃一餐，所費僅為普通小餐館費用的三分之一，非常便宜，不過吃久了會倒盡胃口，難以下嚥，毅成先生留法時有無大學餐廳，則不得而知了。

毅成先生在「八十憶述」中說，他在巴黎住定之後，即到第五區的巴黎大學申請入學，他所持的中國公學畢業證書，不能直接申請入博士班，只可入大學三年級，不過經過畢業考試，即可獲得碩士學位，無奈之下乃註冊三年級主修比較民法。如此讀了兩年，於民國十九年六月參加碩士班畢業考試，獲得通過，得到法學碩士學位，又續到博士班報名，保留資格。然後因留學費用不多，決定回國。

毅成先生在其八十憶述中，對在法留學獲取學位事敘述不多，事實上他係於民國十七年九月到達巴黎，十九年九月離法返國，在法留學僅僅兩年，在兩年中要攻讀學位，應付考試，把全部精神都放在學業上，是意料中的事。

毅成先生所讀的巴黎大學，前身是巴黎聖母院主教座堂學校，成立於西元一一五〇年至一一七〇年之間，與聖傑內維佛修道院，及聖維克多修道院合併為巴黎大學。一二一一年教皇莫諾森三世，批准巴黎大學推選一位訓導長，為出席教廷代表，巴大才從此有權成為訴訟及被訴訟之法人團體。一七九三年，巴大因法國發生大革命而停辦，其間約六百年，完全是一所私立大學，因有蘇朋者捐建校舍所以又稱「蘇朋大學」。

拿破崙稱帝，於一八〇六年下令巴黎大學復校，改為國立，稱為法國帝國大學，一八〇八年並塑細菌學家巴斯特及文學家雨果之銅像，置於蘇朋大學的大門口，以示尊崇。拿氏戰敗後。取消帝國二字。改為巴黎大學，仍為國立。

在筆者留法期間，在巴黎的大學均稱巴黎大學，以學校性質之不同，分別冠以數字，如在桑謝的為巴黎第七大學，以文學院出名，故在巴黎有十餘所巴黎大學。

毅成先生在法留學為民國十七八年，距今已六七十年，變化至大，他在巴大讀書時，以巴大為名之學校恐無如今之多，同時學校之傳統、學生之思想也在變，他在學校讀書時，講授法律課程的教授均為飽學之士，上課要穿教授黑袍，戴紅帽，很重視傳統。在其留學日記中曾記述一位行政及財政法教授名蓋次者，著述等身蜚聲國際，但其思想較新，上課不著黑袍、不戴紅帽，向為保守派學生所不滿。一天上課時，部分學生以燃紙、粉筆相擲，課未講完憤而離去，以後未再來上課。這種事若發生在現在，已是司空見慣，見怪不怪了，七十年代的巴大學生，行為張狂，時常罷課，示威遊行更是家常便飯。有時挖街道上的鋪石為武器，與警察對抗。

毅成先生留法時，在國內已學有所成，並已為人師，故在留學生界深獲推崇。留學生界紛紛組織學會，他認為是好現象，也組織一個立社讀書會，按期聚會演講，他主講過「法國已嫁女子在法律上之地位」、及「凱爾遜的政治學說」等，由此可見，當時留學生讀書風氣之盛，與鑽研之勤，而毅成先生大力推動亦功不可沒。

毅成先生留法時常參加慶典及到我駐使館探訪，深慨嘆當時外交腐敗之象，他在八十憶述中，講了一個故事，他說：在民國十八年，國內北洋軍閥政府雖被打倒，但外交陣線仍由職業官僚操縱，他們甘為北洋政府之餘孽，非我族類者則加排斥，才能之士不能出頭。派駐國外人員，只要國內關係做得好，有無能力均無關係，且在駐地國為所欲為，一般特種辦公費，可以自由支配，大都飽入私囊，為國家爭臉面的事不能省也省了，不能免也免了。最令人不可思議的是，當時有一駐巴黎總領事林某者，原為交通部郵電司長，因犯重大貪污案，被撤職查辦。但此公大玩花樣，忽在青島出喪，遍登訃聞，人都死了，案子自然無法再追，如何結案自不得而知。但未及一年，此公突告復活，竟到法國做起中華民國的駐巴黎總領事來了，到職之日，華文報紙大登新聞。以「殭屍」領事稱之，他裝聾作啞，好官我自為之，僑民們向國內各方反映，均毫無下文，背後有所援奧，當可以想見。彼在位時不與僑民相見，胡漢民病故廣州，巴黎僑界為之舉行追悼會，他也不參加。有人見過他，述說此人身材枯槁，面容蒼白，可能染有阿芙蓉癖，在街上行走，躲躲藏藏，恐為人發現，酷似小偷之流。此人連人都做不得，又何能做外交官？由此可見當時外交界流品之差。

毅成先生自法返國後，仕途頗順，三十來歲即做了浙江民政廳長，來台後並擔任過中央日報社長之職，公職之外，並在大學教書，是為士林所敬重的學者，也為留法學生界爭得光彩。

Do歷史10　PC0405

留法舊事

作　　者／李在敬
責任編輯／廖妘甄
圖文排版／姚宜婷
封面設計／王嵩賀

出版策劃／獨立作家
發 行 人／宋政坤
法律顧問／毛國樑　律師
製作發行／秀威資訊科技股份有限公司
地址：114 台北市內湖區瑞光路76巷65號1樓
電話：+886-2-2796-3638　傳真：+886-2-2796-1377
服務信箱：service@showwe.com.tw
展售門市／國家書店【松江門市】
地址：104 台北市中山區松江路209號1樓
電話：+886-2-2518-0207　傳真：+886-2-2518-0778
網路訂購／秀威網路書店：https://store.showwe.tw
國家網路書店：https://www.govbooks.com.tw

出版日期／2014年10月　BOD一版　**定價**／320元

|獨立|作家|
Independent Author
寫自己的故事，唱自己的歌

版權所有・翻印必究　Printed in Taiwan　本書如有缺頁、破損或裝訂錯誤，請寄回更換
Copyright © 2014 by Showwe Information Co., Ltd.All Rights Reserved

留法舊事 / 李在敬著. -- 一版. -- 臺北市 : 獨立作家,
2014. 10
面 ;　公分. -- (Do歷史 ; PC0405)
BOD版
ISBN 978-986-5729-31-8 (平裝)

857.85　　103016213

國家圖書館出版品預行編目

讀者回函卡

感謝您購買本書，為提升服務品質，請填妥以下資料，將讀者回函卡直接寄回或傳真本公司，收到您的寶貴意見後，我們會收藏記錄及檢討，謝謝！如您需要了解本公司最新出版書目、購書優惠或企劃活動，歡迎您上網查詢或下載相關資料：http:// www.showwe.com.tw

您購買的書名：____________________________________

出生日期：________年________月________日

學歷：□高中（含）以下　□大專　□研究所（含）以上

職業：□製造業　□金融業　□資訊業　□軍警　□傳播業　□自由業

□服務業　□公務員　□教職　□學生　□家管　□其它____

購書地點：□網路書店　□實體書店　□書展　□郵購　□贈閱　□其他

您從何得知本書的消息？

□網路書店　□實體書店　□網路搜尋　□電子報　□書訊　□雜誌

□傳播媒體　□親友推薦　□網站推薦　□部落格　□其他________

您對本書的評價：（請填代號　1.非常滿意　2.滿意　3.尚可　4.再改進）

封面設計____　版面編排____　內容____　文／譯筆____　價格____

讀完書後您覺得：

□很有收穫　□有收穫　□收穫不多　□沒收穫

對我們的建議：____________________________________

____

____

____

請貼
郵票

11466
台北市內湖區瑞光路 76 巷 65 號 1 樓
獨立作家讀者服務部 收

（請沿線對折寄回，謝謝！）

姓　　名：__________ 年齡：______ 性別：□女　□男

郵遞區號：□□□□□

地　　址：____________________

聯絡電話：(日) __________ (夜) __________

E-mail：____________________